寺尾哲也
子彈是餘生

contents

目次

好評推薦 005

推薦序 痛苦是一種精細複雜的感受
——寺尾哲也的曼荼羅 張惠菁 009

渦蟲∀ 019

州際公路 045

健康病 077

雪崩之時 105

渦蟲∅ 135

沉浸式什麼什麼成長體驗營 163

現在是彼一工 193

渦蟲∄ 211

拉斯維加斯 237

後記 剩下來的，只是餘生罷了 251

成爲絞肉機是種美德
——評寺尾哲也《子彈是餘生》李奕樵 255

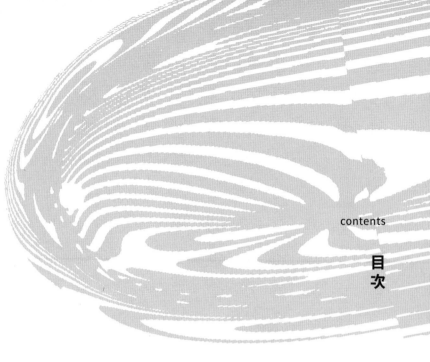

好評推薦

未成年的純粹暴力，天才們歷經的有感苦難恍如核災。動用龐雜排泄系統與多領域互涉／射，寺尾哲也以冷靜，時帶疼痛至極而生的飄忽感，為那已廢的核反應爐重塑金身。獨特，爽快，令人欲罷不能的 meta 式性感。

——白樵 作家

有一種深邃，是ＰＲ值99的人才會理解的。因為他見過1％是多麼巨大，是如何把自己全副身心輾平展開，也無法填滿的地步。《子彈是餘生》就是這麼一本肝腦塗地的99％之書。

——朱宥勳 作家

瘋狂、殘酷是孤寂的表現，簡言、留白是言外的節制。對外對內的傷痕都割向自己，寺尾哲也的文字是節制，卻狂放地像鐮下豐沃的土後，百千隻的斷體蚯蚓，自我再生，長出更多的喻語。

——林楷倫　**真心純情好魚販**

我像是看著一座美麗的玻璃動物園，裡頭名為天才的物種自虐虐人，殘暴且暴烈。

——邱常婷　**作家**

解剖人生勝利組的誠實傑作，刀刀見骨。

——紀大偉　**政大台文所副教授，《同志文學史》作者**

《子彈是餘生》是近年最會虐也最會挑逗的作品，刻劃出屬於當代台灣的虛無。閱讀時不只是一場休閒娛樂，還同時帶有痛苦和歡愉。起先會有點恥辱感，而後漸漸想要更多。

——洪明道 作家

曾在舊金山擔任過 Google 工程師，使寺尾哲也在呈現相關領域或在美臺灣人時，得心應手。作者引人矚目，還有三點：一是他擁有冷冽、簡潔且生動的風格，帶給閱讀高度的快感；二是相反於一般想像，理工同志的優渥待遇，並不自動等同快意人生。或許還因為高壓與菁英環境而備感孤寂。自殺、預備自殺或保有其他同志自殺記憶的同志，經常出現。絕望感的目的並非煽情，以「悼念體」理解，意味或更加深長。第三點則是，在小說中，同性性欲的深刻存在，罕有因為任何正面回饋經驗而加強。——性啟蒙或性會晤即使帶有羞辱、挫折或空虛的性質，仍是性慾的一環。因此，寺尾哲也所關照的同志，也加入了對「分崩離析之個體」不離不棄的文學傳統。

——張亦絢 作家

推薦序

痛苦是一種精細複雜的感受——寺尾哲也的曼荼羅

張惠菁（作家）

有句話說，「凡夫畏果，菩薩畏因」。在因和果有如骨牌效應般無盡延綿、無盡連鎖的關係圖中，凡人害怕那不知何以竟掉落在自己身上的災禍，那名為命運之事物，那沿著關係圖奔騰而來此刻正襲捲著自己的終章。菩薩則敬畏種種無始以來、無意之間種下的因，那被推倒的骨牌第一張，由一張而下一張，而多，而分歧，而浩浩蕩蕩，不斷加速，不斷倒下。誰又能上升到空中，去鳥瞰這些共時連續的因果鏈纏繞構成的繁複圖案？看見它正如何鋪展開來，又往怎樣更複雜的體系觸發而去？

寺尾哲也是一位一鳴驚人的小說家。《子彈是餘生》是一本太好看的第一本小說集。他冷冷地，淡定地，流暢地講出來的故事，充滿了慾望與羞辱，卻讓人極想讀下去。我有時覺得，他的筆調是像LED般無色溫的光，而他所描述的事物，正是在這樣的光線下格外呈現出一種離奇。讀著這些故事，我腦中出現複雜的、無盡延伸到黑暗中的骨牌陣。我想寺尾哲也即便不說，也已經站定了位置在三尺上空鳥瞰。他是那個看到系統的人。

在這本小說集中，我們將會遇到一些角色。他們是資優生，聰明，成績頂尖，優秀到去參加只有最優秀的人才有門票進入的競賽。有了競賽就有勝負，有最聰明、較聰明、普通聰明的等級被分出來。當中會有真正的天才，他的存在本身是所有人都跨不過去的山脈。他在他人的生命中投下長長的影子。

乍看之下，寺尾哲也寫的是一群活在學校與社會評比系統的頂尖位置，菁英中的菁英。實際上他所寫的，是這個系統。系統由複雜的因果鏈構成，因為是在人間，它的每一張骨牌倒下都會同時牽動許多人。

當中最聰明的人，未必是能在這世上存活下去的。在一切他能解開的謎題中，他或許更加渴望解不開的、被主宰、被壓勝的時刻。被霸凌，被虐待，被欺辱，與被肯定、被包容、被接受，之間的痛苦與快感難以區分。（說到底，參加競賽、被社會評比，不也有這樣的性質嗎？走入社會，努力將自己化為某一群人中的一分子，又何嘗不是？）

至於第二聰明與第三聰明的人，在這個世界上等著承接他們的，會是一些特定的環境。灣區矽谷，工程師的生活方式，移民者的圈子。他們確實是到達了社會評比的頂端，至於頂端的風景如何？那是另一回事。

寺尾哲也筆下的這個世界，其實是我們熟悉（但未必能看得清楚）的當代社會。長長的社會階梯，高處似乎有閃亮的冠冕，但是沒有人提也沒有人問，爬上去要付出什麼代價。階梯已經在那裡，似乎就是攀爬的理由？性意識正在萌芽的青少年，在同個時期進入了智商競賽，被成人設下的規則評比。或許是因此，性與競賽，彼此之間牢牢締結了某種關係。我們渴望什麼，恐懼什麼？——這些感受單純是屬於我們的嗎？或是我們已然被規則寫入？在還不知道進入的是什麼樣的賽局前，所有人已經被放上賽道，加速前進。慾望的對象，他是否只是把你當成隔壁賽道的人？我們能明亮而坦然地擁抱慾望嗎？競賽圈中的人能開朗地接受競賽和競賽的結果嗎？這世界能只有快樂，沒有痛苦嗎？

我想寺尾哲也是拒絕被明亮弭平的。如同他在〈後記〉中，拒絕相信他的同學（？）明亨在下一代學生身上看到的美麗夢幻、或者說那種「不成比例的好感」（比例？會說是「比例」，寺尾哲也想必還是看著那沒被說出來的，認為同學所說的「全部」其實只是「部分」）。我這樣的閱讀或許是偏頗的，但在我看來，寺尾哲也主要寫的是痛苦、結晶化了的痛苦。他所寫的痛苦，是一種精細複雜的感受，如同慾望一般。它是生理的，也是社會的。它是果，來自那些早已被決定的；它也是因，細小的孢子朝空中播散出去。他所寫的痛苦就像是在開頭第一篇故事〈渦蟲∀〉中，澆淋在「我」臉上的尿液，氣味、溫度，在幾分之一秒的時間中發生著細微絕妙的變化。若說那是欺辱，卻又埋藏著絕頂的快感。虐與被虐，最聰明與最無力。寺尾哲也是寫這種多面痛苦的高手。

我第一次讀到刊載在報上的〈州際公路〉這篇作品時，故事中那漫長、幽暗、無止境的美國州際公路，喚起了我的一些記憶。在美國的州際公路上駕駛，就像按下按鍵跑一道程式，中間沒有太多你可以做的，只能等著程式跑到底出來一個結果，就像公路筆直地將人帶到一個地方。程式是工程師寫下的，公路是國家規劃的，人生的路徑又是？在車中不斷湧出回憶的是兩個活人，他們似乎不斷在問自己，是怎樣的運算帶他們來到了這樣一個 middle of nowhere？

讀這本《子彈是餘生》，才讀到〈州際公路〉中這群資優同學的種種分支發展。天才介恆、棋手明亨、主宰者吳以翔，他們種種競賽以外的，社會評比以外的，但仍是系統之內的（寺尾哲也往上拉到了看得見系統交錯的視野，即使其中仍然處處暗物質）。也才終於讀到了〈州際公路〉的後續發展。〈拉斯維加斯〉寫得真好。這座世上最虛幻的城市，就像一場巨大的葬禮。生的隔鄰是死，痛苦的隔鄰是快感，天才的隔鄰是對人世一無所知，精密系統的隔鄰是巨大的徒勞。這些感受在系統中占據著相鄰的位置，你不可能推倒一張骨牌而不觸發它的隔鄰。寺尾哲也把痛苦寫得如此精細複雜，是因為他能看見這張系統之網，看見人與系統的關係。而那在許多人的眼裡，是透明不可見的。

寺尾哲也在後記中寫道：「追求所謂才華的拔尖之時的過程，是有許多變態的副產物的」，「剩下來的，只是餘生罷了」。《子彈是餘生》這個書名，是暗示著，人仍然是系統中的人，就如子彈在被擊發之後終究就是沿著彈道飛行，除非有某種「exit」，否則餘生就像子彈沿著被規範的路線直到抵達終點為止嗎？或是，餘生就像〈沈浸式什麼什麼成長體驗營〉中，一直帶在身上的一把槍與子彈，看似有「exit」，但終究不會用上。而終究不用上，也有因終究不用上而觸發的因果鏈。選擇「exit」，如〈雪崩之時〉那樣斬斷鎖鏈，脫離出了一個系統，又是怎樣的餘生？這些，可能不是我能在這裡問的問題。在當下的華文小說家中，我認為寺尾哲也把當代人的痛苦寫到了一個高峰。他看進了痛苦的眼縫，看見的是結晶狀的，相連成系統的痛苦。痛苦是曼荼羅，就跟世界本身一樣。而寺尾哲也是這樣一位小說家，他視覺清明，看得太過清楚。他在空中不遠處鳥瞰著這些不斷生成的結晶，沉默而美麗。

本作純屬虛構，與真實人物、團體、學校、公司行號無關。

渦蟲 ∀

有些人天生就適合成為團體的中心人物，連去上廁所都有一批跟班緊隨在後。吳以翔就是那種人。他們那群男生在廁所裡會一整排站在小便斗前，先低頭對盆底吐一口口水，再掏出雞雞，尿完後再吐一口口水。我從來搞不懂這個儀式有什麼作用。

我不是他們的一分子。吳以翔在開學幾個月內就像古代酋長一樣君臨了我們班。班上以和他的親疏遠近分成三個階級。我屬於化外之民，平常連和他講話的機會也沒有。

——為什麼要吐口水？

——什麼？

——尿尿之前，為什麼要對著小便斗吐口水？

那天張智凱請假，吳以翔和我當值日生。抬著便當箱經過中庭後方長長的走廊時，我覺得不說一些話不行，便把長久以來的疑問問出口。吳以翔聽了之後什麼也沒有回答。走廊旁灌木叢高高低低的樹影映在他臉上。光暈閃逝，他露出一個奇怪的表情，臉部肌肉微微地抽動，睫毛要眨不眨地瞬了一下。

我不確定是不是看錯了什麼。但我的問句就像拋向一面透明牆一樣毫無回音。

當晚，我做了一個長長的夢。夢中空氣非常明亮，像逆光時拍的過曝相片。長長的走廊無止盡地延伸著，樹影搖曳，無所不在的白光充滿了所有空間，卻仍在膨脹。吳以翔的臉很近。熱騰騰的蒸便當的氣息翻滾上來。陽光，太多的陽光持續分裂增生。吳以翔對著小便斗吐了一口口水。吳以翔拉下拉鍊，掏出雞雞——

我醒在自己的汗裡，雞雞正不由自主地抽動，一顫一顫地發出奇異的快感。過沒多久，下腹部就傳來一片冰涼。我坐起身。黑暗的房間中電風扇仍嘎吱嘎吱地轉著，緩緩送來無力的風。我拉開褲襠檢查，內褲裡腥味很重，奶油色的膏狀液體流得到處都是，有些透出了布料纖維，沾到了外褲褲管上。

這就是課本上說的那個吧。

我不是沒有知識的人，不會大驚小怪。我安靜地換好衣物，躺回床上。一邊回味著剛剛的快感和吳以翔，一邊朦朦朧朧地睡去。

隔天達鋼來找我。他神祕兮兮地把我拉到教室角落的掃具儲放室門口，說要跟我講一件不能被知道的事。達鋼是一個胖子，和他擠在一起並不舒適。但達鋼同時也是吳以翔往來最密切的親信之一，在班上地位比我高得多，所以我也就沒有露出不悅的表情。

——吳以翔說要弄老蟾蜍。

——什麼弄？

——就是要給她一點教訓的意思啦。

老蟾蜍是我們班的英文老師，雖然她一點也不老也長得不像蟾蜍，不過綽號這種東西是沒有任何道理的。就像吳以翔挑選想要弄的人是沒有任何道理的一樣。老蟾蜍是一個中規中矩的老師，既不特別熱心也不特別煩人，真要說有什麼不好的話，就是口頭禪多了一點。

達鋼跟我說，計畫是這樣的，當老蟾蜍講到她最高頻的口頭禪「Don't you understand what I am saying?」時，全班會突然站起來開始熱烈鼓掌，持續整整一分鐘，然後坐下，當作什麼事也沒有發生一樣。下次她再說到該句再鼓掌一次，讓她課上不下去。

達鋼說他會再通知全班，要我做好分內的事就好。

當天下午就有英文課，老蟾蜍遲到了五分鐘才進教室。我非常緊張，生怕等一下犯錯，配合不上大家的節拍。我不想拖累吳以翔的計畫。

老蟾蜍慢條斯理地擺設她的擴音裝置。她拿出粉筆套，選了一支最長的白色粉筆。她要我們翻開習作檢討上一次的作業。我非常仔細地聽著老蟾蜍說的每句話。老蟾蜍點人起來回答造句練習。她每檢討一題就嘩啦嘩啦地搖一次籤筒。籤筒裡每支籤寫著一位同學的座號。因此，籤越多的人中的機率越大。老蟾蜍會以增加某人的籤數作為一種懲罰手段。這種介於開玩笑和撒嬌之間的懲罰，班上的人都很埋單。

大概到八分鐘時，老蟾蜍才講出金句。我立刻像射出的箭一樣站起，開始鼓掌。啪啦啪啦。

全班都在看我。全班只有我站起來。

「同學你有什麼問題嗎？」老蟾蜍說。

吳以翔座位附近哄成一團。達鋼發出和他身形極不相稱的煞車皮般的笑聲。

那些都是平常跟吳以翔一起上廁所的，他的親信們。我看到吳以翔和達鋼交換了一個眼神。吳以翔淺淺地笑了一下。

我現在終於知道這是怎麼一回事了。

吳以翔挑選想要弄的人是沒有任何道理的。

我在全班的注視下緩緩坐了下來，臉頰簡直要被羞恥感灼傷。雙腳顫抖得好像剛結束一整天的半蹲一樣。我不是會在課堂上問問題的類型，也不會和老師互動，上臺講話更是要我的命。班上同學仍在盯著我看，窸窣的私語聲四起。我腳下的地板彷彿流沙，不停坍塌陷落。

同時，我的雞雞硬了起來。下腹部傳來一陣悠長持久的痙攣。它一直脹大，直到頂到內褲。

當天晚上，我迫不及待躺上床，雙腿夾起抱枕，一前一後地開始磨蹭。我想像著吳以翔和達鋼事前討論的模樣。這是一場軍事行動，經由吳以翔及其麾下將領縝密的規劃和精準的執行，成功地擊潰了敵人，取得巨大的勝利。白天孤身一人站在教室裡鼓掌的屈辱，結合了受騙和出醜的屈辱是吳以翔給我的致命一擊。這是吳以翔的勝利！勝利！勝利！勝利！

我再度噴射在內褲裡。這一次的量很多，濕濕黏黏的液體甚至流到肚臍。

那天之後，我在班上的地位產生了一點變化。就像已經拆封的福袋只能算垃圾，咬了一口的麵包只能當廚餘。當吳以翔那群人繼續捉弄我時，班上其他人也就見怪不怪。吳以翔從來不親自出馬，他總是讓達鋼那些親信動手，再遠遠地欣賞我被欺負的成果。

——你不是很想知道為什麼小便前要吐口水？

被關進掃具間的那天放學，吳以翔罕見地湊上前，透過氣窗對我說話。掃具間被隔成上下兩格，上層放拖把水桶，下層放掃把畚箕。我被關進的是下層。滿滿的掃具擠在我背後，我僅能勉強保持微微前傾的蹲踞姿勢，臉貼著氣窗網格狀的通風口。

吳以翔隔著氣窗吐了一口口水，啪地一聲噴在我的臉頰上。他的口水溫溫的，滑落的觸感像感冒糖漿。吳以翔站到椅子上，從氣窗看出去只能看到他的褲襠。他拉開拉鍊，掏出雞雞。他皮膚白皙，雞雞卻是深色的，細小的血管紋路清晰可見。皺皺的雞雞在我面前抖了一下，尿液射了進來，淋在我的額頭上，我本能性地閉上眼。

——你現在知道為什麼了吧？

吳以翔一本正經地說著。他的口氣沒有一絲調侃，百分之百的誠懇認真，像在傳教。

尿液不是一般的液體。尿液是有獨特氣味和觸感的，光是滑過眼瞼的感覺就和一般熱水完全不一樣。溫熱的同時又夾帶一絲冰涼，是因為儲存在膀胱不同部位而產生的溫差嗎？滑落臉頰的尿被胸前的制服布料吸收，濕濕地貼在肚腹上。更多的尿不停滲進來，一層接一層，很快地浸濕了我的內褲。最後，我的雞雞也緊緊地貼著吳以翔的尿。

接下來很多個晚上，我將一次又一次回味此刻全身上下精細複雜的觸感，對著我的抱枕和棉被反覆衝刺。每一次都在溫存飽足中達到絕頂升天的快感。

不過幾週後，吳以翔他們就沒空理我了。

因為快段考的關係，班上氣氛明顯變得肅殺許多，從自動鉛筆喀噠喀噠的節奏快慢就可以感覺得到。我們學校是臺北市有名的升學國中，而我們班是所謂的人情班，常態分布下的異數。就像老蟾蜍那扭曲的籤桶，我們班嘩啦嘩啦就搖出了仁愛、金華、敦化、中正四個國小資優班的第一名，和另外十二個市長獎。不過大家互相都不說破，王不見王。

有風聲說吳以翔比過國小奧數，但他本人已經鄭重否認。

到了考前一週，連下課時間都沒有人講話。學校開放教室讓我們晚上自習，除了家裡有請家教陪讀的以外，其他人都留了下來。頭頂上熾白的日光燈無休無止地開著，整棟教學樓同時陷入了永晝。

吳以翔那群人仍成群結隊上廁所，但是他們就算遇到我，也只是點個頭就過去了。

我們學校的段考是要交換教室考的。為了怕作弊，連位置都是當天由電腦隨機分配。公布成績時，則是會貼在教室前後門口。課表下方的壓克力夾，就是設計來裝成績單的地方。

公布成績那天下午，吳以翔走到我座位旁。

——課本拿出來。

吳以翔斜斜倚在旁邊的桌子上，伸出手。教室內的空氣彷彿瞬間被抽光，所有人都停下動作，往我們這邊看過來。天花板上的電風扇轉著轉著，一陣一陣地灌滿吳以翔的制服袖口，衣領，然後是側面頭髮。吳以翔的側面頭髮削成一個弧形，剛好是髮禁規定內的長度，但已足以被風吹起。吳以翔的頭微微偏向一邊，頓了一下，左右眼用不一樣的角度打量著我。

——課本拿出來。

吳以翔又重複了一次。

他一臉理所當然的表情看著我，好像這是最平常的例行公事一樣。

我猜想他大概是想要抄我的筆記，畢竟剛剛公布的成績，我以相當大的差距拿下第一名，而他大概是第六名左右。

我低頭拿起掛在課桌旁的書包，從聯絡簿和專門收納小考考卷的L形夾之間取出國文課本。我先自己翻閱了一下，確保一切無誤，才把課本遞給他。這是我筆記抄得最詳盡的科目，其他科我習慣整理在活頁夾裡。

——筆。

吳以翔接過課本，再次伸手。有必要在我旁邊抄嗎？他並不急著翻看課本，只是隨便地夾在腋下。他居高臨下地看著我。我原本以為他的親信們會圍過來，但是並沒有，那是他們之間的默契嗎？吳以翔非常有耐心地等待著我拿筆給他，時間久得足夠他返回自己座位拿筆再走回來。他殷殷切切地看著我，好像父母等待學步的孩童朝自己走來那般。

我最後乖乖找了一隻藍筆遞給他。

吳以翔翻開課本封面，在扉頁上畫了起來。

更精確地說，他在簽名。

他的簽名占了扉頁三分之二以上的版面，三個中文字以華麗的草寫相連，共構成一幀勻稱繁複的圖花。其中英文名字的部分往右上斜斜曳去，底下再綴以今天的西元日期。完全是大明星簽名的架勢。

——下一本。快點。

吳以翔那節下課簽完了我所有的課本、習作、講義參考書。他揮毫的表情非常認真，像藝術家對待自己心愛的作品一般，既嚴厲又溫柔。

我一點也不懂這個簽名儀式有什麼意義。不過在那之後，吳以翔的團體開始邀我放學回家時一起走。他們毫無芥蒂地和我聊天，講一些「今天營養午餐的雞腿腸好噁心切開的樣子好像老蟾蜍的陰部」之類無關緊要的話題，彷彿之前吳以翔尿在我臉上的事不曾發生過一樣。

他們也邀我一起上廁所，不過我婉拒了。

吳以翔靜靜地看著這一切發展。他還是不怎麼和我說話。我加入以後才明白，就算在親信團裡，還是不見得能和吳以翔講到話。他真的要對我講什麼也是透過別人轉達。我就連當初被邀加入團體時是不是吳以翔授意都無法確定了。

倒是達鋼代替了我原本在班上的地位。

達鋼原本就胖，段考期間又因為壓力的關係染上了脂漏性皮膚炎，嘴角、耳際、後頸長出了一層一層頁岩般的痂。那些痂一碰就會脫皮，不碰也會脫皮。細小的皮屑揚起來時，整個人就像一株不停散發孢子的巨型香菇。達鋼的體積整整是我的兩倍，根本無法塞進掃具櫃下層，我們只好把部分畚箕移出來，插到上層的水桶裡，再把掃把一正一反地交叉疊好，才騰出足夠的空間。

——可不可以讓我先把眼鏡拿下來？

達鋼臉貼在氣窗上，對著我們說。他鼻頭上的汗水一滴一滴流下，圓滾滾地滑過嘴角壯麗的層層肉痂。他似乎因此癢了起來，開始扭動起身體。

他真是搞不清楚狀況。

——你知道炭烤香菇好吃的祕訣是什麼嗎？

親信二號說。親信二號笑咪咪地把臉湊近氣窗口，對著達鋼吐氣。

——就是要有耐心喔。你知道香菇百分之九十都是水嗎？要一層一層地刷上烤肉醬，每隔幾分鐘刷一次，讓它慢慢吸收進去喔。慢慢吸收進去，才會入味。這樣懂嗎？是不是很簡單呢？慢——慢——吸——收——進——去——。慢——

慢——

親信二號站上椅子，他對達鋼的臉吐了口水。他拉下拉鍊，準備要掏出雞雞。其他人看到了，瞬間動了起來。親信三號拉住了他的手。親信五號瞪了他一眼，看向吳以翔的方向。親信二號用力甩開親信三號的手。他沒有看吳以翔那邊，也沒有繼續動作。

吳以翔在座位上練習直笛。彷彿我們都不存在一樣。

他反覆地吹著天空之城的主題曲，隔天音樂課要考。

現在是放學後二十分鐘，教室早已全空，只剩我們幾個，還有達鋼。窗外黃昏的日照斜斜晒進室內，整片磨石子地板反射出金亮的光，非常刺眼。我們站在掃具櫃前。我、親信三號、親信五號、親信六號圍著椅子，親信二號站在椅子上，隔著氣窗與達鋼對望。

我們一遍一遍地聽著吳以翔練習直笛。一遍一遍。

天氣很熱，和座位區不同，掃具櫃這邊完全吹不到電風扇，又被太陽直射。

我覺得我屁股燙到可以煎蛋了。

親信二號還是沒把拉鍊拉上。

——可不可以讓我休息一下？拜託。醫生說我應該要待在陰涼的地方。達鋼說。他碩大的額頭上滿是汗水。掃具櫃裡空氣不流通，比外面還要熱上很多。達鋼的汗味很重，光是靠近氣窗都可以聞到餿水般的酸臭味。

天空之城要進入副歌的地方，有一個陡然拔高的高音 so。那個地方指法比較複雜，且送氣要充足，才拉得上去，否則會發出低八度的 mi。吳以翔重複那一段好多次，他常常先吹出瑟瑟的 mi，才猛然暴衝到高音 so。

他最後乾脆就只練習那個音。

達鋼閉上眼，臉色發白。我覺得他好像快要昏倒了。親信三號不停動來動去，他一直抬起手臂擦鬢角的汗，即使他的制服袖子已經全濕，完全喪失吸汗能力，還是樂此不疲。親信二號不輕不重地踹了掃具櫃的門一下，達鋼愣愣地張開眼。

吳以翔終於走了過來。

吳以翔叫我站上椅子。

「你來刷烤肉醬。快點。」

親信二號默默看了我一眼，停了幾秒鐘，才緩緩地下了椅子。親信二號看都不看吳以翔。吳以翔也不看他。我不知道要怎麼拒絕，或者是否應該拒絕。這是在測試我的忠誠度嗎？

——快一點。

吳以翔不慍不火地催促著我，語氣既冷靜又平穩，像是在催促我把家長簽名的回條拿出來一樣。我又掙扎了一下，看向其他人，親信三號、五號和六號露出一副公事公辦的表情。親信二號瞪著我，用唇語講了兩個字。我看出來了，他說的是「白癡」。我不確定他在罵誰白癡。不是我就是吳以翔吧。我站上椅子，拉下拉鍊，掏出雞雞，隨即發現自己忘了吐口水，只好從頭來過。達鋼閉著眼，整張臉皺成一團。我朝著他的鼻頭吐口水，涎液牽出一條吊橋般長長的絲，久久才從我嘴唇下端斷開。

我單手扶著自己的雞雞站在椅子上。椅子的高度比我想像中的還要高很多，從這個角度看下去，達鋼就像是被關在水溝蓋底下。吳以翔當初站在椅子上看我也是這種感覺嗎？我調整雞雞的角度，瞄準達鋼的右邊眉毛。等一下尿出來之後，我只要稍稍移動手指，就可以決定要淋在達鋼臉上哪裡。頭髮，眼睛，嘴唇，耳廓，之前吳以翔就在我身上示範過了。

但我絲毫沒有尿意。

隨著時間過去，我不僅尿不出來，雞雞還越縮越小，包皮皺得像千層蛋糕。

那天我就這樣卡在椅子上很久。搞得好像是我被罰站一樣。

一直到最後，我都沒有尿出來。我的雞雞在眾人的注視下縮小到前所未見的程度時，吳以翔終於放過了我。「多練習，之後還有機會。」他對我說。

我不知道之後還有沒有機會，不過在那次事件後，每當我一邊想著吳以翔一邊在棉被堆裡衝刺，腦中就會浮現自己站在椅子上扶著雞雞，在眾人的目光中進退不得，雞雞不斷縮小的場景，然後我就會軟掉。我完全找不到別的幻想對象，班上其他人不是太蠢就是太笨。我因此很久都沒有射了。我開始淡出吳以翔的小圈子，每天放學都自己回家，中午也一個人吃飯。

幾個禮拜後，吳以翔卻突然邀我去他家打電動。

吳以翔他家是一棟五層樓透天。我原本以為他會邀其他親信一起，沒想到只有我一個人去。吳以翔開門時說，在他下午的家教開始之前，我們有兩個小時可以玩。他家沒有其他人在，到處都沒開燈，一片漆黑之中只有牆角靠地板的間接光微微透出。他領我走進遊戲間。我們玩的是一款以特效華麗著稱的格鬥遊戲。

吳以翔打電動不開音效。他說國小時有一次打電動吵到他哥午睡，他哥把他連人帶機從窗戶丟出去。那次之後他都習慣開靜音。開打後，整個房間安靜得只剩我們兩個按搖桿按鈕的喀啦喀啦聲。

喀啦喀啦。喀啦喀啦喀啦。

吳以翔十分熟稔各個技能的冷卻時間，他先用硬直最短的輕手或輕腳破防，接著接重手重腳，然後接不需集滿氣條就可發動的小絕。他每招的時間點都算得很準，我完全無法閃避或防禦，更不要說是反擊了。在連續不斷的單方面屠宰中，他細心鋪排各種暈技、抓技、摔技、膝擊、肘擊的組合，全神貫注於讓我在每一毫秒都受到最大程度的打擊。我時而被固定在空中、時而被鎖在牆角，像塊人皮肉餅被各種炫麗武技整得血沫橫飛。

到了一局的最後，吳以翔按出大絕。畫面上他化身藍色閃電，在空中來來回回把我剁得粉碎。接著背景轉白，藍色閃電尾隨的火焰技影把碎肉燒成灰燼。藍色閃電幻化回人形，飛散在空中的灰燼瞬時噴發爆散，被白光粼粼的背景吞噬。

我們很快地選了另一個角色，開啟了下一場。然後是下一場。再下一場。同樣一面倒的屠殺，整整兩個小時。我把所有的角色都選了一輪。男孩、少女、老人、相撲選手、街頭混混。他們在監獄、海灘、黃昏市場、學校中庭、移動中的火車、破敗廢棄的罐頭工廠裡，一遍一遍地被爆頭、被分屍、被炮烙、被電擊、被波動拳轟成碎末、被撞上地球的彗星輾成肉泥、被地獄業火燒成灰燼。他們在遊戲裡短短數分鐘的生命每一分每一秒都充滿痛苦打擊。變化多端，萬花筒般永無止盡開展下去的痛苦、痛苦以及痛苦。

那是吳以翔給予他們逃無可逃的，最大限度的苦難。

——你這樣是不是很爽？

吳以翔忽然按了暫停，放下搖桿，抬頭問我。遊戲畫面停在我騰在半空中，墨色的血霧四散飛濺，旁邊的計數顯示三十二連擊。

——你這樣很爽對吧？

吳以翔定定地看著我。他臉上沒有一絲挑釁或威脅，純粹是一副就事論事的表情。沒了搖桿按鈕的喀啦喀啦聲，房間裡只剩冷氣低頻的嗡鳴，安靜到我彷彿能聽到自己衣服下襬摩擦褲管的聲音。我吞了好大一口口水。我不知道要怎麼回應，也不知道要不要回應。

——像你這種人，是沒有辦法在這個世界上生存下去的。

吳以翔張開口，慢慢地，像是在斟酌著精準的措辭，好一陣子之後，才下了這個結論。

他說得很小聲，我即使坐得很近，都幾乎要聽不到。吳以翔沒有看我，他轉頭看向窗外。這個窗戶就是他哥當初把他丟出去的窗戶嗎？窗外沒什麼好看的。電線杆旁有垃圾子車，垃圾子車旁有鐵鍊圍出的腳踏車停車場。腳踏車停車場旁有鄰家曬的內衣褲，然後是鋁門窗都鏽得不行了的民宅。民宅、民宅以及民宅陽臺上更多的內衣褲一直延伸下去，無止無盡。然後是我們學校，我們班，老蟾蜍，親信二號，親信五號，還有達鋼。

窗外真沒什麼好看的。

吳以翔靜靜地望著暫停的電視螢幕。八十吋的液晶螢幕上每一道細微的色彩都好清晰，肌肉的縮脹，血液的飛濺，表情的翻覆轉折。

——要繼續嗎？

州際公路

大家都聽過那個都市傳說：某員工家中舉辦派對，飲料不夠。他去公司的免費冷飲櫃，可樂，雪碧，沙士，芬達，左手右手滿得像八爪章魚。走到停車場時，公司警衛把他攔下，說：你LDAP是多少？隔天他卡刷不進門，帳號也登入不了，人資把他的傢私全塞進一大一小兩個紙箱，堆在門口。到這邊分成兩個版本，一說是他後來和公司纏訟四年，每次都從東南亞某島國搭十四小時飛機出庭，後來當然敗訴，但因此上了紐時的地方趣聞版。另一說是他夥同一些對公司有恨的人——紅不起來就抱怨演算法不公的Youtuber之類——和市區那些激進派居住權社運團體合流，鎮日躲在路邊朝公司的交通車發射BB彈。

明亨說，這一定是假的。

我說，哪一個？他說，都是。「警衛在停車場遇到他，怎麼能確定飲料一定是從公司拿的？」

此時我們正走在公司地下停車場。濃稠的日光從方格通氣孔落下，又亮又橋，像不要錢的公司洗衣精。我和他手裡拿的是罐裝紅茶，綠茶，花茶，薄荷茶，決明子茶，可爾必思，無糖優格。用袋子裝。袋子是不透明的。我們覺得自己好聰明。

「你現在是在幫自己壯膽嗎？」我說。

明亨說，還不是幫介恆拿的。介恆喜歡吃希臘優格。無糖就算了，還加鹽，難吃至極。

明亨按下鑰匙按鈕，後車廂蓋彈起。我們把袋子放進冰桶。

從灣區走一〇一號國道，經過吉爾若以量販商城和上棉木溪野生保育區，接五號州際公路，再往南開個兩百英哩，就到今晚的休息點。那是一個叫貝克菲德的小鎮，位在五號州際通往拉斯維加斯的要道上，市區加油站比餐廳還多。明亨說可以開他的車，我們輪流開，累了就換手。我說，跑這種長途，真的好嗎，保費會漲喔。

明亨說，沒差，每年就為了介恆跑這麼一次。介恆父母得要從臺灣飛去，才叫辛苦。

我說，也是。

明亨打開導航軟體，最終目的地設在拉斯維加斯的寇斯莫帕勒坦飯店。每年的七月六日，寇斯莫帕勒坦飯店二三〇八室，我們和介恆父母都會去。他父母客氣、怕生又拘謹，總是說我們人願意到已經太夠意思，不要再買東西來了。

我們上路之後沒多久就開始塞車。整條一〇一南向動彈不得。這週是美國國慶連假，從灣區、洛杉磯等地開去拉斯維加斯的車，比中國城裡下水道的蟑螂還多。明亨說，介恆真的是很會選時間。我說，你去年也講過一模一樣的話。他說，是嗎，我不記得了，難道你記得你講過的每一句話？我說，很難說喔，跟介恆講過的，應該都記得。

——最好是。

明亨一邊轉動方向盤一邊說。他切進最內線的共乘專用車道，被別人猛揿喇叭。我朝後照鏡瞧一眼，那駕駛對我們豎起一根中指。

——這個我也記得。

——什麼？

——就是這句話啊，這個場景，被人按喇叭。

明亨也捶了幾下方向盤中央。他說，「馬的那個智障。」喇叭的設計真的是很奇妙，從車內聽起來，一點都不覺得吵。而且喇叭沒有方向性，沒辦法指定想要發送的對象。後面那臺車迅速地往右切，併入一般車道。現在最內線反而塞，它從旁一下就超越我們。

明亨說，剛剛那個故事，他寧願相信ＢＢ彈版本的。我說，為何？他說，他可以理解那些居住權社運團體的想法，他時常也想朝別人的車子射幾發。我說，你不是有房階級？他說，他又不像劉若瑜還是楊家宏，買在麥隆帕克，原本的破爛房子，戰前蓋的，舊得連鬼都不想住，結果 Facebook

總部竟然設在旁邊，嘩，翻三倍了。我說，戰前是指二戰前？他說，當然是一戰啊，二戰我還拿出來講幹嘛。我說，可是你去射公司的車，也不會改變什麼啊。

他說，誰說要射我們公司的？要射就射Facebook的。

Facebook的交通車和我們公司的基本一樣。方方正正的雙層巴士，玻璃全都墨黑色，防彈，外面看不到裡面。車身全白，連一點標誌都沒有，為的就是怕人挾怨報復——在舊金山市區，凡是交通車停靠站所設之處，房價隨便喊，漲得比颱風時的高麗菜還快。

明亨說，在圓山大飯店那次，你還記得嗎？我說，什麼？他說，好像是區域賽吧，還是大甲？我說，大甲不會辦在飯店裡吧，教育部哪那麼有錢。他說，噢對，我是說介恆奪冠那次。我說，介恆哪一次沒奪冠？他說，總之，那次楊家宏比完後跑去廁所哭，結果氣喘發作。教授帶一堆人去撞門。抬出來後，楊家宏發現抬他的人是介恆，哇，堅持要下來自己走欸。「就你不准——。就你不准——。」他缺氧了還能喊。整張臉都變成豬肝色。沒想到現在——

「沒辦法。世事難料。」我說。「但是我們已經算不錯了。其實楊家宏和劉若瑜每年賺的，未必有你多。」

明亨說，屁。他安靜幾秒鐘，眼睛瞪著前方，似乎是正在心算。一陣子之後，他笑了出來，說，呵呵，好像是真的。他頓了一下，順著前方的車速催了幾次油門，又接著說，我們之間，我們這些 B95 的同學之間，其實都差不多啦。大家實力都差不多啦。除了介恆是怪物以外。

我說，是啊，介恆是怪物。

五號州際公路非常筆直，開定速巡航的話，幾乎不需要碰方向盤。若從空中俯瞰，大概像在一片黑暗無光的曠野間，橫空伸出一條專屬於人類的，閃閃發亮的細長臍帶。現在剛入夜，天頂黑了大半，只剩地平線上下一點縫隙，還透著暗紫的光暈。往來的車流全都開了大燈。車燈所照之處即是視野極限，再往外是伸手不見五指的，無邊而寧靜的黑暗。

貝克菲德還在目不可及的遙遠之處。拉斯維加斯更是。

車內音響正播到〈Butter-Fly〉。這份歌單是介恆的。

每年此時，開往拉斯維加斯的路上，我們會無限重播介恆的歌單。

明亨說，介恆真的是很耐煩，整個播放清單只有六首歌，一直聽，都不會膩。剛算了一下，假如我們總共要開十小時，那就是每首要聽三十遍。我說，他大學的時候才恐怖，隨身聽都只放一首歌，一直重播一直重播一直重播。我問他的時候，他還一臉無辜地張大眼睛，說，本來同時就只會有一首最喜歡啊。

「哈哈哈。」明亨說。「介恆Style。」

「天才都是神經病。」

「可惜反過來不成立。」

儀表板微微的螢光照在明亨臉上。引擎轉速指針的白，哩程齒輪刻度的黃，和節能模式的水色光點，一震一震地隨著他的表情沒入陰影之中。定速巡航維持在時速七十五英哩，相當於一百二十公里，其實相當快。但從車窗望出去，無邊無際的，毫無起伏的黑暗曠野，讓人以為一切彷彿是靜止的。

明亨說，不過啊，我也不是不懂。

我說，什麼？

他說，雖然剛剛說了那麼多，但我覺得我們滿像的。我是說楊家宏。

我說，哪方面？

明亨彷彿沒聽到般。他說，你記得介恆有一次遲到三小時嗎？我又說，什麼？

明亨說，整場比賽也不過就四個半小時。我說，喔你是說個人賽喔。明亨說，他出現在門口的時候啊，全部人都放下鍵盤，站起來哀求助教，拜託拜託，拜託一定要通融，無論如何要讓介恆考。我說，記得啊，因為就算只剩一個半小時，介恆還是會第一啊，這是為了選拔好。他說，你那時候跑去找教授。我說，這我倒不記得。他說，然後教授問他為什麼遲到，幹他爸的，隨便掰個阿嬤生病還是小貓小狗被車撞都好。教授又不是白痴。誰都知道要是介恆沒選上，整場選拔都會變成歷史留名的笑話。介恆那時一副還沒睡醒的樣子，頭髮亂得像被炸過一樣。全部人都等著他開口。結果他說：「我忘記了。」我說，啊，你講到這我就想起來了，教授那時候的表情，哈，一生難忘。

明亨說，對，那次差一名被擠掉的人就是我。

「啊……。」我說。

車窗外仍是漆黑一片。路旁告示牌除了速限以外，還有提醒駕駛人接下來都沒有加油站的牌子，綠底白字：警告。警告。下一個加油站在一百哩之外。然後是一條小小的交流道往外伸出幾十公尺，接到一座無人加油站。整個加油站只有一隻油槍，與公路僅隔著一條瘦長的安全島。我轉頭看時剛好有車駛進，燦亮的白光驟然炸開。原來那燈是感應式的。

這一無所有的世界，那些常識，即使偏離了也無所謂。……連喜愛的心情都好似要辜負了一般。就算僅有一雙停滿影像的，不可靠的翅膀，也一定能夠遠走高飛。

音響又播了一次〈Butter-Fly〉。

明亨說，現在講講，也沒什麼大不了的。反正我們都已經出來賺錢了。我說，嗯。

化作振翅飛舞的蝴蝶，專注地乘坐在風上。無論在哪裡，都要飛去與你相見……

他說，而且，和田光司都已經死了。

車內的空氣沉默了起來。明亨左手搭在方向盤底部，右手插在上衣口袋裡休息。現在旁邊路過的都是貨櫃卡車，水泥攪拌車，或是載有吊高機具的工程車，一輛比一輛大。我問他要不要換我開。他說還好。我拿出手機，打去今晚投宿的旅館，向他們再次確認我們的抵達時間，現在看來很可能會超過午夜了。接電話的是個拉美裔的大媽，大概是新手吧，聽不懂亞洲人的英語腔調，搞了好久才查到我們的訂房紀錄。是，是。我說。我們會到，我——們——會——到——。

我掛掉電話。明亨說，怎麼？我們每年都住這家，他們還搞不清楚狀況。我說，的確是。不過那種鬼地方的旅館，大概不期待客人會來第二次吧？我和同事說，今晚要去貝克菲德。他們的反應都是：「什麼？」然後開地圖，滑半天，抬頭用一種狐疑的眼神看我，說，那裡豈不是in the middle of nowhere？

明亨哼一聲，說，整個美國in the middle of nowhere的地方可多了。

路旁的藍底告示顯示，前面三英哩處有個休息區。我們靠右下了交流道。在紅綠燈前的分岔口，左右各有一幅巨大的廣告板，刊登了所有店家的商標，但無一不是全國連鎖品牌，賣的食物都大同小異。休息站裡，每一家店都相隔甚遠，各自擁有土星環般的空曠停車場。我們是舉目所見唯一一臺車。我們要去的漢堡店三面都是落地玻璃，整間像是放大的，疏於照顧而活物全死光的水族箱。沒有顧客，沒有店員，只有櫃檯一個金屬製的小鈴，上面寫：請按鈕，我們很高興為您服務。

明亨說，說到這個，那時候每週的練習賽結束，你怎麼都不跟大家一起吃飯？

店員一臉矇矇地從暗門走出。他剛剛似乎睡得很沉，大概沒想到這個時間還會有人來。櫃檯正上方的價目表燈箱，有一根燈管一閃一閃地壞了。

我說，你有去過計中四樓的陽臺嗎？

明亨說，計中有陽臺喔？噢不對——計中有四樓喔？

我說，四樓走廊走到底，男廁旁有一個通往室外的鐵門。那個門乍看是卡住的，但用力推可以推開。沒有鎖。那是一個很小的露臺，勉強一點，可以站六個人。面漁科所，但是有圍牆，又有椰子樹擋著，很隱密。佑一每次比完都會去那邊。咚咚咚地，用頭撞地板。頻率不見得一致。有時候好幾分鐘也沒撞一次。明亨說，什麼？為什麼？我說，我哪知道。明亨說，伊斯蘭教？我說，我有查過方位。不是。啊，正確來說是撞水管，那邊地板都是水管。明亨說，佑一不是跟介恆同隊嗎？我說，或許這就是原因吧。明亨說，然後呢，你不要告訴我你也在那邊跟他一起撞，所以才不來吃飯。我說，我沒撞，我看他撞。明亨說，蛤？為什麼？

——這個嘛……，很難解釋。一言以蔽之的話就是，呃，有點療癒？

我轉頭向店員點餐。六塊雞塊，不要套餐，對，單點，要甜辣醬。

明亨說，聽你在胡扯。

我們拿著托盤走到座位。這間連鎖漢堡店的內裝非常豔麗，座椅是大紅色與白色相間的條紋，牆上則是印滿藍色星星。方正的，等間距的五角星。玻璃窗外是一望無際的墨黑。整間店像是懸浮在太空中似的。

明亨說，你在旁邊看他撞？

——我躲在門後面，從門縫看。

明亨說，不可能。

我沒有理他，繼續說：而且有一次，我遇到介恆，介恆看到佑一在撞地板，就過去跟他說，你要撞的話就撞這裡。介恆蹲下，指了指佑一的額頭頂端。說那裡是整個頭殼最堅固的地方。

明亨說，然後呢。

我說，然後他們就窸窸窣窣地講話啊，我聽不到。更正，其實大部分是佑一在講，介恆只是蹲在那邊。那次真的講很久，我腳超麻。到了後來，佑一站起來打介恆的頭，從正上方，打在介恆額頭頂端。一拳一拳，咚咚咚地，比他自己撞地板還大聲。介恆就像沙包一樣不動，有時候跌倒了，還會自己蹲回原地。佑一打到自己流血，指節腫成兩倍大。介恆就只是看著他。明亨說，瞪著他？我說，你不要打斷。明亨說，好，我看你怎麼掰。我說，過了大概十分鐘，他們又開始講話。講的仍只有佑一。他不停說，你要我怎樣，你要我怎樣。介恆安靜地蹲在那。不知道的人，還以為介恆是聾子。結果下個禮拜，我去的時候，就看到他們兩個已經四肢交疊在一起了。明亨說，蛤？我說，佑一那時候中文不是很爛嗎。

明亨說，他現在中文還是很爛。我說，他叫的時候都是用中文。明亨說，你到底在說什麼？我說，他可能是怕介恆聽不懂。明亨說，屁啦，那方面的日語，誰都聽得懂。我說，介恆可能沒看過A片啊。

我說，而且，我覺得這是他表達對介恆的敬意的方式。

明亨說，好，然後呢？

我說，沒有然後了。

明亨說，所以你每次比完賽，都去偷看？

我說，對。

明亨說，他們知道你在旁邊看，怎麼可能做？

我說，他們不知道啊。他們以為沒人啊。

明亨說，那邊有燈嗎？你怎麼會看得到佑一的指節？

我說，反正我就是看到了。

明亨說，那邊有沒有燈？

我說，我忘了。

明亨搖了搖頭，拿起他的炸雞。他隔著餐巾紙握著雞胸的兩端，細心地啃了起來。他不想弄髒手。我們默默地吃著自己的餐點，沒有再多說話。

走回車上後，我和明亨換手，上了駕駛座。在我調整座椅傾斜角度和後照鏡角度時，明亨說，所以佑一今年有要去嗎？我說，應該沒吧。明亨說，他去年也沒去？我說，對。明亨說，我記得他從來沒去過？我說，對。

我比明亨高一些，坐上來時，大腿頂到方向盤。我低下頭去找控制方向盤高度的扣子。車內太暗，摸半天摸不到。我只好先扭開照明燈。黃光啪一聲充滿車內空間。我發現有張發票掉到煞車踏板上，又低頭探出手把它拾起。

「其實你剛剛講的，用頭撞地板的人，不是佑一吧？」明亨說。

我把發票攤平，對折了兩次，放到收菸灰的垃圾匣裡面，關上。

我沒有回答他。我壓下手煞，開始倒車。

明亨盯著我的側臉幾秒鐘，然後深深往後倒，雙手枕在腦後，露出一副獲得了非常、非常心滿意足的答案一般的表情。

「啊……。」他說。

車頭燈的光圈掃過眼前的店家後門，地上停車格一方一方，漸次浮現又隱沒。明亨沒有再多說什麼，他往我的方向伸手，熄了照明燈。

我說，謝謝。

我順著南下交流道的指示回到五號州際上。這個時段路況變得順暢起來。或許是夜深了，大型車輛的司機都已下班。我透過後照鏡確認了一下，我們後面是輛警車，已經跟了我們一陣子了。我說，真奇怪，我們又沒超速。明亨探頭過來，看了看儀表板。我指了指藍色的定速巡航小標誌。

我說，可能是公司派人來抓我們偷拿飲料吧。

哈哈哈。明亨笑了一下。

周圍的車輛越來越少，到後來，警車也不見蹤影了。整條高速公路視線所及沒有任何車。對向車道也一樣。耳朵漸漸習慣車子切穿空氣的聲音，慢慢地再也聽不到了。五號州際路旁沒有燈，也沒有圍欄。車道邊界鋪有特殊的紋路，車子不小心開上去會發出打果汁機般的巨響，提醒駕駛人：醒來！醒來！

我們又沉默了一陣子。我們都有點累了。一方面時間已晚，且剛吃完東西，昏昏欲睡。明亨說，你可千萬不要睡著喔，我有認識一個學長，他就是開五號州際開到睡著，結果撞車，醒來的時候整臺車已經在高速旋轉。我說，死了？他說，幸好人沒有怎樣。

我說，整臺車高速旋轉，怎麼活得下來？明亨說，正好相反，旋轉代表動能被釋放，沒有直接作用在人體上，反而安全。我說，好玄。聽起來好像什麼靜思語小故事。

明亨說，這是科學，不玄。

我說，你有想過，死掉的過程是怎樣的嗎？

明亨說，什麼？

我說，比如說車禍，腦袋被削成兩半。那意識會被分成兩個嗎？兩邊都會痛嗎？會變兩倍痛嗎？

明亨說，我哪知道。

我說，我常常在想啊，從賭場飯店二十三樓跳下去，還撞到水舞池的護欄，腦袋碎得跟豆腐花一樣，那些碎片，全部都會覺得痛嗎？落在池子裡，被進水口吸進去，再被噴嘴噴出來，吸進去，再噴出來，吸進去，再噴出來……。那時候不是剛好是水舞表演嗎？我記得播的音樂是Singing in the rain，小提琴獨奏版，好像是播到副歌那邊吧。旁邊還有遊客在拍照。水上有各種顏色的打光。紫色的。黃色的。白色的。粉紅色的——

明亨說，不要再說了。

我說，我們那天不是贏了很多錢嗎？

我說，那時你還說，不要搞什麼競賽了，以後靠打Blackjack就好。

我說，我們還候補上隔天減價的吃到飽。下午茶時段買一送一。我們三個人，還跟一個剛好排在我們後面的克羅埃西亞人團報。

我說，喔不對，好像是宵夜時段。

我說，結果也沒吃到。

明亨沒有再說話。

前方的道路隨著車燈的照射，像吃角子老虎機一樣不停滑出，源源不絕地迎面而來。完全筆直，沒有一點彎曲，搭在方向盤上的手連動都不用動。

好像永遠不會結束一般。

我看著前方，不管是貝克菲德還是拉斯維加斯都還很遠。很遠。在視線完全不可及的地平線另一邊。

車子突然開始減速。

明明是定速巡航模式，儀表板上的指針卻穩定地往下滑落。我踩了踩油門，解除了定速巡航，但是車子仍沒有加速，彷彿油門完全無效一般。「不會吧。」我看了一下，油量明明就很足啊，也沒有任何警告標誌亮起。明亨說，發生了什麼事？我試著踩了一下煞車，完全沒用。現在整臺車的油門和煞車踏板都是裝飾品了。我打了方向燈，慢慢往外線切，還好路上完全沒車，我得以順利地滑進路肩。這一段的路肩極其寬闊，再多劃個兩線道也不成問題。車子在路肩滑行著。直到慣性動能耗盡，進入怠速狀態，我和明亨說：小心，抓緊。我把手煞車拉起來。

車子煞停了。

我說，油門和煞車好像都壞了，沒反應。

明亨說，怎麼會這樣？

我問他有沒有做定期保養。他說上個禮拜才剛做，什麼問題也沒有。

我們下車，打開後車廂，找反光板。明亨說，他怎麼可能有那種東西。我說，其實這邊的車子出廠時都有附。後來他在靠近座椅的底部找到一個暗扣，拉起來後，果真有三角反光架，置在一個合身的凹槽中。塑膠膜都沒拆掉，新得要命。

明亨拿起反光架，我們開始朝遠離車子的方向走。

——聽說要一百公尺。

在一片漆黑之間，車子後燈的一對光點越來越小，越來越小。我只看得到明亨持著手機的右手，和我自己的右手，和我們兩個面前一起移動的白光光圈。眼睛仍不能適應這樣的黑暗，根本無法目測距離。我們默默走了一陣，直到車燈縮小成兩個螢火蟲般的小點為止。

「現在真的是 in the middle of nowhere 了。」明亨說。

夜風吹在臉上，手上，身上。糊糊的，緩慢又黏稠。身體的溫度漸漸被帶走，我搓了搓雙手，下意識地縮起了身子。明亨放下反光板，喬了一下角度。他把塑膠膜撕掉，慢慢地，好像怕刮傷什麼似的。

我說，其實我也可以理解楊家宏啊。

我說，介恆就是很擅長讓別人的人生失去意義啊。

我說，那時候全臺大資工都偷偷希望他死掉吧。大家只是不敢承認而已。

明亨說，可是你剛剛不是說你每個禮拜都跟他——

雖然周圍是一片黑暗，我還是轉頭往明亨的方向望去。只看得到他手上閃光燈的刺眼白光，和露在袖子外面的一截手臂。

我說，嗯，所以我只有很偶爾才這麼想。

我說，很偶爾很偶爾。

我說，整趟拉斯維加斯，我可是連一次都沒有希望他死掉喔。一次都沒有。

我說，我明明就超棒的。

明亨沒有說什麼。沒有聲音的風持續吹在身上。我把雙手都退入袖子裡，緊緊握著，默默往車後燈的方向走去。車後燈越來越大，越來越亮，直到整個車尾的輪廓都顯現，我們都沒有再說話。

回到車上後，我們發動引擎以維持空調和照明。加州夏天的夜晚還是很冷，我身體微微抖了起來。我們兩個把手機都插上車充。現在必須要確保手機有電。

明亨往外面天空看去。「星星多得跟垃圾一樣。」他說。

明亨拿出皮夾，我們的信用卡都有全年無休的道路救援，全北美都適用。他打了過去。那是白金會員專線，沒有等待時間立刻接通業務代表。是，是，馬上為您派車。有需要為您準備礦泉水或低卡綜合乾果嗎？是，也有沒氣泡的。是。好的，謝謝您。還有什麼是我可以效勞的嗎？祝您有個美好的夜晚。

明亨掛了電話，往後仰去。我說，我覺得我們好像永遠到不了貝克菲德。

明亨說，你想太多了。

他往我的方向伸手，把照明燈捻熄。他說，省一點電。我往正前方望去，這一段路的柏油很新，很平。這個郡的財政狀況一定很好。分隔線的白漆很乾淨，短短的，很快就出了視野。然後是什麼都沒有的一片虛空。

我說，那個時候啊，介恆在電熱水壺下面其實有壓一封信。嗯，說信有點不太對，應該算字條吧，用飯店便條紙寫的。明亨說，等等，我怎麼都不知道？我說，因為你那個時候還在樓下打 Blackjack，你回房間時警察已經把它收走了，後來好像直接交給他家人了吧。明亨說，你怎麼現在才講？我說，上面寫的東西很沒內容啊。他就是寫說感謝父母，感謝朋友，感謝教授，感謝這個感謝那個，最後甚至連他國小班導都寫進去了。明亨說，就這樣？我說，就這樣。

明亨說，他以為他在寫諾貝爾獎得獎感言噢。

車窗外一邊是五號州際公路，一邊是曠野。兩邊都沒有任何人，車，或是任何生物的跡象。安詳，無邊而寧靜的黑暗包圍著我們，像羊水一般。為了節省油耗，我們甚至連空調都關了。明亨說，等到真的冷得受不了再開吧。再忍一下下。再忍一下下。車體內只剩下引擎規律而單調的震動聲，和座椅隱隱的反作用力。車體之外，無有形狀，無有知覺，無有感受。

我說，問你喔。

明亨說，嗯？

我說，想像一下你現在回到高中，一年級上學期開學第一天，你走進班級教室。你誰都不認識。所有能力知識全部回復到十五歲的狀態。但是你可以保持你到目前為止對人生的體悟之類的，帶過去。那這樣的話，你會選擇在高中階段，放下一切，盡全力地拚競賽嗎？

明亨說，我知道我指考會上臺大資工嗎？

我說，你不知道，就像你也不知道你比賽比不比得起來一樣。

明亨停頓了一陣子。他的臉隱沒在黑暗之中，只剩頰骨邊緣一點點輪廓透出。他低著頭，左手緩緩地抓著頭髮。他的頭髮很短，其實沒什麼好抓的。但他就只是重複地捏著，握著，一直到手汗微微地浸濕了髮梢。

明亨說，我應該還是會選擇考試吧。

我轉頭。我看向他黑暗中的臉，說：這樣不是什麼都不會改變嗎。這樣不是什麼都不會改變嗎。我們還是會變成我們這樣。而介恆，他還是會——

明亨說，嗯。

我打開車門，往車尾走去。明亨說，你要幹嘛？我緩慢地走著，不知道為什麼，空氣凝滯得像液體一般。每一個跨步，每一個抬手，都得要克服極大的阻力，摩擦力，萬有引力。整個空間，天空，或是說宇宙，好像存心要製造困難似的，溫柔，濃稠而堅定地阻止我的任何行動。我費了很大的力氣才走到車尾，打開後車廂，伸手探向冰桶。明亨也下了車，我看到他站在副駕駛座門外，默默地看著我。我取出無糖優格，與來時同樣緩慢地，回到駕駛座。

明亨說，餓了？我說，再放下去會壞掉，冰桶沒辦法保冰那麼久。不能讓介恆吃到壞掉的優格。明亨說，哎，反正他又不會真的吃到。

我撕開包裝盒蓋，用附贈的透明小湯匙，一口一口地舀著凝膏狀態的白色優格。無糖，又有加鹽的希臘優格。

真的好難吃。好鹹。又鹹又沒味道。

真的好難吃。

我問明亨說，拖吊車什麼時候才會來，我們什麼時候才能離開這裡。明亨說，不知道，剛剛那個人沒說。我說，我覺得好冷。明亨頓了一頓，他的臉仍罩在黑暗裡。他緩慢地說，再忍一下下就好。再忍一下下。再忍一下下。

健康病

拳頭打在介恆前額上時，他並不閃避。他繼續用那仿若無事的表情看著我，好像眉前綻破的皮膚和瘀青都與他無關。他細碎的皮屑沾黏上我的指節。我以為是血，但只是汗。

「你不要再讓小花吃那種藥了。」他說。

他蹲在我面前的地板上，臉面在我褲襠的正前方。我打他時，他有時受到衝擊，會向後翻倒，但迅即又蹲回原位，像一尊不倒翁。

——你不要再讓她吃那種藥了。

他說得更小聲了。我知道他僅僅是想要激怒我。況且那種藥原本就是小花主動帶來的。「我沒有選擇。」她說。那時是 ACM ICPC 亞洲區域賽臺北場，整個計中在入夜的校園裡燈火熠熠，門口掛有三個人那麼大的國旗。充氣氣球在教室一角列成方陣。那是她第一次吃利他能（Ritalin）。

我的拳頭打在介恆臉上時他也不閉眼。我望著他毫無顧忌的眼神，真不知道他哪來的信心。我只要把手臂往下放個幾公分，就可以打歪他鼻樑。若往旁邊偏移幾公分，可以打瞎他眼睛。「你最沒有資格——」我說。「就你最沒有資格說這種話。」

「躺好。」

我壓在他身上，手肘扣緊他的脖子，固定他的臉頰。像人工呼吸一般，我的嘴呈九十度角貼上他的嘴，交合如兩隻金魚。他的鼻尖頂著我的側臉，每一次呼吸都猛烈得像溺水，帶著水分和體味的熱氣噴在我的臉上。我往他的嘴裡吐出了任何我所能夠從口腔擠出的東西，大部分是唾液和空氣，同時感覺到他的勃起。硬硬的東西悄悄伸展，隔著層層布料頂到了我的大腿。

「你這樣很爽是不是。」

我拉下褲襠的拉鍊，又一次進入了他的嘴。地板疏影橫斜，滿是錯綜的水管管線。他的背撞擊其上，發出吭吭的聲音。天色早已暗了下來。計中四樓的陽臺地點隱蔽，幾公尺外就是漁科所的圍牆，遮蔽了夜間大部分的光源。介恆臉上闃暗，朦朦朧朧之間，只有鼻翼上的一小塊三角形映著路燈的光。即使在這樣的時刻，他仍沒有表情。而我恨透了他沒有表情。

◇

Problem C: The inevitable mediocrity of the connected.

題目C：一切相連的終將面目模糊。

The score of a sequence of integers is defined as the bitwise-or value of all numbers in the sequence.

一個序列的整數的分數被定義為它們按位或的結果。

Now you are given a sequence of integers $a_0, a_1,\cdots a_{N-1}$, and you must cut the sequence into K consecutive segments. Find the maximum possible value of the sum of scores of all K segments.

現在你有一個序列的整數 $a_0, a_1,\cdots a_{N-1}$，你必須將此序列切成K個連續區段。請找出K區段的分數和的最大可能值。

Input: The first line contains two positive integers N and K ($K \leq N \leq 2\times10^5$) — the length of the sequence and the number of segments.

輸入：第一行包括兩個正整數N和K，$K \leq N \leq 2\times10^5$。N為序列長度，K為區段數。

The second line contains N non-negative integers $a_0, a_1, \cdots a_{N-1}$ ($a_i < 2^{32}$).

第二行包括非負整數 $a_0, a_1, \cdots a_{N-1}$，其中 $a_i < 2^{32}$。

Output: Output the maximum possible value of the sum of scores of all K segments.

輸出：輸出K區段的分數和的最大可能值。★

◇

這是小花遺留下來的題目之一，也是她送給介恆的生日禮物。

小花當初靠選訓營二階資格薦送臺大資工系，卻不和競賽圈的人往來，也不混二一七實驗室。ACM ICPC 報名組隊的時候，她找了完全沒有競賽背景的我。

「選訓營的時候，我得了暴食症。」她說。「他們覺得我很可怕。」

我並未詢問她關於暴食症的細節，她卻開始鉅細靡遺地描述。她說暴食症不一定會變胖，因為吃完會催吐。她說選訓營只有她一個女的，每次獨占一整間廁所，背抵著牆，面朝馬桶時，都有一種篤實的安心感——消化到一半的食物殘渣自喉嚨滑出的灼燙，黏在額前髮絲的冰涼，脫水的暈眩，所有感官的刺激，都令她上癮。她越說越快，話語中透露出一種壓抑的自豪，像退伍老兵一邊描述曾經經歷的槍林彈雨，一邊憐愛地撫摸著自己的傷疤。

我並不討厭小花這一點。至少她願意承認自己努力得頭破血流。

「這間學校裡多的是廢物。」她說。「那些沒有天才資質，卻要演出天才形

★出自 NCPC 2019 臺大校內賽，問題 A。

象的人；那些沒把自己逼到極限，卻大言不慚盡了全力的人。說到底，除了介恆以外的人都是廢物，包括你，包括我。我恨不得所有人都能明白這一點。」

只有提到介恆的時候，她的眼裡有光采閃耀。這種人我已經見過太多——越是自恃天賦，從小被師長同儕捧在手掌心的人，越會在明白自身與介恆的差距的絕望後徹底迷上他。

那時我就覺得，小花一定會去吃利他能。

「我們別無選擇。」我開始這樣對她說。

大甲賽結束後，楊家宏在廁所隔間哭到氣喘發作。教授帶一堆人去撞門，介恆把他抬出來時，他竟掙扎著要自己走。「就你不准——。就你不准——。」他漲紅著臉喊著，上半身被介恆抱在懷裡，臉上又是鼻涕又是口水，那副無助模樣，好像剛出生破啼而哭的嬰孩。

「我們別無選擇。」我又說。

她被說服了。

一開始她吃了 10 mg，覺得有效，又加重了一倍，直到維基百科說的成人每天 30 mg 的上限。她說藥效發作後，帶來一種興奮的眩暈，失重，緊張又清明，彷彿每分每秒都在高空彈跳。

她的皮膚浮現紅疹。我說，應該沒關係吧。

她開始抽搐的時候，我還以為是在開玩笑。但很快地，她臉部肌肉詭異的顫動，格格作響的牙齒一下就達到失控的程度。

趁沒人注意到前，我扶她走出計中。椰林大道上雨霧濛濛，路燈的光像鬼火般暈開。保健室裡只剩一個值班的工作人員，她要小花躺在床上休息後，便又走回隔間內。除了入學的健康檢查，我從沒來過保健室，不知道這裡是如此地清幽到接近鬼氣的地方。恢復室內只有一盞燈，在隔壁床的上方。一格一格的隔間簾子都沒拉上，狹長見底的空間中，小花的抽搐漸漸平息，肢體不再顫抖，牙齒也不再格格作響。她的呼吸聲仍濃重。我聽著覺得安心。只要還能製造出那樣的聲音，就證明她沒什麼事吧。

而她的表情，卻像一個敗戰的人。

「不要讓介恆知道。」她說。

我靜默無語，旁觀著這一切我慫恿而致的結果。不管是她躺在床上時，瞪大眼睛喘氣的模樣，還是說著不知要給誰聽的自言自語，都讓我有種說不出的慰藉。甚至可以說是進入臺大資工系以來，最令我感到安全的時刻了。

體認到自己沒有比小花的選訓營同學更高尚，也沒有比他們更扭曲這件事後，我便無比地安心了起來。

◇

美國維吉尼亞理工大學發生校園槍擊案，槍手先在安勃勒強斯頓西側宿舍樓（West Ambler Johnston Hall）射殺一人，接著前往工程系的諾理斯教學大樓（Norris Hall）進行無差別攻擊，一共造成三十二人死亡，二十三人受傷。他在兩次槍擊之間的空檔，以影音光碟的形式，寄送行兇聲明至美國國家廣播公司。「你們曾有多次機會避免今天的事情，那是你們的選擇。是你們將我逼到死角。★」他隨後於同棟樓內自戕。

我和明亨說了今日頭條。

「嗯。」明亨說。「很療癒的新聞。」

★引自維基百科「維吉尼亞理工大學校園槍擊案」條目。

資訊之夜中場休息前，大一女舞的最後高潮，明亨和我在活大二樓後臺負責燈控。臺上舞者們在音樂的空檔脫下原本的套頭連帽外套，只剩內裡剪得破爛的系服，露出胸部以外上半身的所有肉色。小花在舞群左後方最不起眼的位置，以險險不合節拍的速度，扯下外套。

她太努力了。努力得太過頭，使得觀看她的人，都感到一種滑稽的恐怖。

「你覺得小花什麼時候才會槍殺我們全部？」我說。

一樓的觀眾席一片漆黑，只剩螢光棒發出深海節肢動物般的點點亮光，節奏規律地向前後搖動著。

「不會有那麼一天的。」他說。「她不是那種人。」

鼓點強烈的音樂持續轟炸，重低音每一拍都像是掐住心臟一樣令人不適。觀眾燥熱的吵鬧，叫喊，趁亂告白，各種噪音在場中亂竄。舞臺前的特效火焰噴出。

瞬間高熱輻射噴發到每個人的臉上。舞者單膝跪下。咚地一聲，有人衝上臺獻花，被線材絆了一跤。

「太可惜了。」

「什麼可惜？」

方才閃逝的火燄映照出明亨紅熱出汗的側臉。我後悔了疑問。反正那必定不是什麼應當用可惜來形容的事物。

◇

訣竅是要用「我們」，而不是「你」。永遠要把自己與對方綁在一塊，營造出一種生死與共的表象：「我們別無選擇」、「我們一起努力」、「我們永不放棄」。另外，研究指出，勵志話語更容易強化自殺傾向，所以以上三句都是禁語。那希望別人不要死，又該講些什麼，我不確定。

小花說，其實我早就知道了。

我說，知道什麼？

系館頂樓風很強，我和她之間隔著將近十公尺的距離，我在門口，她在圍欄邊緣，不動如等待風化的兩根鹽柱。我不知道此時自己應該採取什麼行動，以致於連話都說不出口——當小花不夠慘的時候，我希望她過得慘；當她真的要消失在這個世界上時，我又希望她留下來。

「知道你為什麼那麼恨我。」她說。

我說，你不要胡思亂想。

「因為你在我身上看到你自己。」她說。

她又往外退了一步，一隻手拉在圍欄上。

她說，好笑吧。

她說，我自己是覺得很好笑啦。

她說，你不覺得嗎。

她說，真想看介恆知道後是什麼表情。

「退一萬步來說。」我深吸一口氣。「你沒有像新聞裡面維吉尼亞那個人一樣，就已經很值得感謝——」

「你可以走過來嗎。我一個人翻不回來。」她說。

我一步一步朝她靠近。她的臉頰忽明忽暗，在夜色之中載浮載沉。額頭前的髮絲像樹枝般，投下深深的陰影。

她說，啊對了，忘了說，我知道你跟介恆都在頂樓做什麼喔。

她說，包括在計中陽臺的事，我也知道。

當我已經走到她的面前，伸手就可以碰到她的程度時，她笑了起來。

真摯的，滿足的笑容，像是完成了什麼功業。

「你真的走過來了耶。好棒。這是給你的獎勵。」她說。就在我面前，後仰，放開手。

◇

Problem H: The singularity point.

題目H：奇異點。

Given a convex polygon P with N edges and an integer K, a Niezick-Linnai K-gon is defined as having K vertices reside on the edges of P such that the perimeter of P is divided equally. A minimal Niezick-Linnai K-gon is the Niezick-Linnai K-gon with smallest area.

給定一個有N個邊的突多邊形P和整數K，涅次克—林內K邊形被定義為K

個頂點都在P的邊上並且那些頂點平分了P的周長。最小涅次克—林內K邊形則為所有涅次克—林內K邊形之中面積最小的。

Now you want to apply the process repeatedly until the end of the world -- given the initial polygon P and K, you want to find the minimal Niezick-Linnai K-gon, K_1 of P, and then find the minimal Niezick-Linnai K-gon, K_2 of K_1, ... until it converges to a point Q.

現在你想要反覆地重複這個過程直到世界終結—對於給定的多邊形P和整數K，找到最小涅次克—林內K邊形K_1，然後對於K_1，找到最小涅次克—林內多邊形K_2，一直到收斂於一個點Q為止。

Input: The first line contains two integers, N and K ($3 \le N, K \le 1000$) — the number of vertices of the origin and new convex polygon.

輸入：第一行包含兩個整數N和K，$3 \le N, K \le 1000$，初始多邊形的邊數和新多邊形的邊數。

Each of the next N lines contains two integers x_i and y_i, ($-10^5 \le x_i, y_i \le 10^5$), meaning the coordinates of the vertices of the initial polygon. The vertices are given counterclockwise.

接下來N行包含兩個整數x_i和y_i，$-10^5 \le x_i, y_i \le 10^5$，代表著初始多邊形按照逆時針順序的頂點座標。

Output: the coordinate of the converged point Q. The answer is considered correct if its relative or absolute error does not exceed 10^{-8}. If it is not possible to converge to one point, output "impossible" (without quotes).

輸出：收斂點Q的座標，絕對誤差或相對誤差必須不超過10^{-8}，若無法收斂於

一點，輸出「impossible」（不含引號）。★

◇

這是小花送給介恆的最後一題題目。

系上組織了一起去醫院探視小花的活動。她意外地很有人氣，有些同學還摺了千紙鶴。病房裡有很多儀器，其中一臺是紅外線注視點偵測儀——小花全身上下只剩左眼能動。她靠著移動視線來打字，旁邊一臺揚聲器接著念出怪異的電話答錄機式的中文。「謝——謝——你——們——大——家——來——看——我——」

她看到介恆。介恆站在靠門口的角落，但仍被她發現了。

★改編自 NCPC 2019 臺大校內賽，問題 E。

「大——神——對——不——ㄐ——ㄐㄐㄐㄐㄐㄐㄐ——」

她眼眶泛淚，大概是因為淚水影響了機器偵測，揚聲器卡在ㄐ這個音。我排開眾人，緩緩走上前去，拿了床頭的衛生紙輕按她左眼眼眶四周，為她吸去淚水。她無視我，藉著揚聲器繼續對他說，先前跳樓的事情，使得比賽暫停，她很抱歉。又說，希望他之後還能來看她。

介恆說，好。

然而，後來常常來的人，是我。

和小花交談是一種很奇怪的體驗。單眼打字很慢，不知是儀器的問題還是她不習慣，總之是無法像電視上看到的史蒂芬·霍金那般侃侃而談。「你——是——不——是——覺——得——我——很——傻——？」她花了整整一分鐘才完成上面這句話。

「一——點——也——不——後——悔——我——一——點——也——不——後——悔——」

幾天前，系學會幾個和她相熟的朋友舉辦了「小花盃 Coding 競賽」，地點就在她的病房。我們和醫院借了另一臺紅外線視點偵測儀，請介恆矇住右眼，操作同樣的設備來一場友誼賽。題目只有一題，並且毫無難度可言，大概是輸入兩數求最大公因數之類的吧。與其說是程式競賽，不如說是打字競賽。由於現場氣氛太像安寧病房見最後一面的活動，或是感性洋溢的生前告別式，有些同學承受不住，就在觀賽的途中哭了。倒是小花和介恆非常認真，在詭異機械聲中忙碌地移動眼球，打出一行又一行的程式碼。小花還得要安慰那些同學。

後來，我和明亨常常來探望她。有時她狀況不好，整日昏睡，我便只是為床頭的花換水。從公館到臺大醫院的旅程變成一種每週練習賽結束之後的儀式。

「一——點——也——不——後——悔——我——一——點——也——不——後——悔——」

全身癱瘓，包著成人紙尿布，連大小便都無法自理的小花，反覆說著的，就只有這幾句話。

◇

「我們以後，會賺大錢嗎？」

離開臺大醫院後，我和明亨沿著羅斯福路南行。深夜的車燈照在臉上，隨著步伐一明一滅。

「我一定要賺很多錢。很多很多。」

夜裡的街光隨著雨霧漫射。騎樓昏沉的空氣裡，我們的腳步聲震起一陣陣回音。咚咚咚地，彷彿一切時間，空間的跨度，都將被反覆撞擊，破裂，乃至粉碎為沙塵。就算如此，我們的未來，或說是命運，也不會因此有一粒沙的偏移。在這條應許的，彷彿火箭發射進入外太空前最後的加速軌道上，我們唯一能做的，就是犧牲別人也犧牲自己，在真空無摩擦力的單行道上無止盡地加速再加速，一直到噴發進入無垠無涯的外太空為止。

就像介恆那樣。

◇

「雖然不知道賺很多錢要幹嘛。」我說。「但，我就只是想報復而已。」

我的屌在介恆口中軟掉了。

我盯著地板，盯著水管沒入水泥牆的隙縫。他幫我拉起內褲褲頭，又拉起了拉鍊，扣上牛仔褲腰際中央的鈕扣。陽臺昏暗的燈光下，他從旁用衣袖抹我的臉。他的袖子就和風一樣冰涼。

我們走出計中，翹掉了即將開始的例行性練習賽，穿過漁科所和理學院思亮館之間的腳踏車停車棚，往醉月湖的方向走去。這個時間的醉月湖人不多，尤其靠近舊數學館和新生大樓這一側。遠方有網球場夜間探照燈融融的強光。球隊的吆喝聲，新生南路的車聲，人潮聲，遙遠得像從宇宙盡頭傳來般。

湖的這一側，風吹過，我們的褲管彼此摩擦，草地簌簌。

醉月湖是優養化極為嚴重的湖。從岸邊望去，水極其混濁，無法測知深度。湖中心有個涼亭，開了一面階梯，突兀地通往湖面，然而醉月湖是禁止游泳的。湖水浮著一層城市夜間的光害。我們倆的面貌疊加其上，更加模糊，以致完全地看不清。

這是最後一次了。

我們穿過小椰林道，從女九舍旁的通路走向系館。這條無名通道兩旁種滿路樹，地上堆著一層厚厚的落葉，沿路有各建築物背面的冷氣室外機，隆隆運轉的冷卻水塔，垃圾子車，資源回收車。我們坐電梯直達德田館六樓。系館一二樓是教室與共同使用的實驗室，地下室有自習室、麻將間、漫畫間等供學生活動的場所，三樓以上則是研究所的空間，一般大學部學生是不會上來的，更不要說是頂樓。我第一次去頂樓，就是因為介恆。

拉開生鏽而斑駁的鐵門，夜風瞬即灌了進來。我們走到面向中庭天井的那一側，水塔基座所造成的高低差，因風大而迅速乾燥的水泥地板，正是我們當初會選擇這裡的原因。介恆說，這裡是校園裡唯一一個他想得到的，尿液潑濺在上也不需要清理的地方。

這裡同時也是小花傾身而下之處。

介恆說，最後一次了，來吧。

「像以前那樣啊。」他說。「來吧。」

頂樓的風像是要刮花我們的臉那般張狂。從水塔亮銀色的表面切過的風如刀，削過他瘦長的側臉。他仍一派天真地望著我，就像最一開始時一樣。

他站在靠近中庭的這一側，高低差使得他的臉面正對著我的胯下。他的表情完全沒有任何一絲猶豫、後悔、懊惱、痛苦、質疑，就只是像一塊晶瑩剔透的冰塊。不融，也不為所動。

我只覺得這一切異常可笑，就像我軟掉的屌。

那是一個非常漆黑的夜晚。沒有表情的風橫亙在我們之間，彷彿連眼皮都要被掀起。在這個地點，在這個小花跳下去的地點，我試圖搜尋他臉上任何一絲悲傷或懊悔，都只是徒勞。我們之間的一切總是像這樣，只是巨大的，無意義的徒勞。

我拉下拉鍊。

「去死吧。」我說。「廢物。」

雪崩之時

飯店房間裡，孫老師坐在我對面。桌上有一臺錄音機，錄音帶的標籤紙寫著我的名字和今天的日期。孫堰榮，孫大國手，東瀛棋王。雜誌上的報導我早已看過無數次。義兄曾說孫老師沉默寡言，但他沒告訴我那沉默中隱含的空壓，會使整個房間如融化的巨大玻璃，分寸不離地壓到我身上。孫老師取下眼鏡，鏡片中央有條細不可見的水平接縫。他盯著我的臉，我盯著地板。

「知道規矩嗎？明亨。」他說。我點點頭。

他按開了錄音機。齒輪緩緩捲動，發出細微的聲響。這種雜音並不明顯，但在對局時特有的，彷彿吸收一切的沉默裡，卻會變得令人無法忽視。我為了模擬今天的對局，曾用了一模一樣的錄音設備。當晚入睡時，腦中滿滿都是揮之不去的沙沙聲。

孫老師說，三之十六。他占了個小目。那是授三子之下唯一的空隅。五之十六。我說。我一間高掛。

他說，五之十七。

我們面前沒有棋盤。孫老師選內弟子時下的是盲棋。我盯著面前空無一物的桌面，在腦中刻畫出圍棋棋盤於其上。縱十九路，橫十九路，三百六十一個交叉點。授三子局，黑子一開始便占據四之四、十六之四、十六之十六三個星位。白子三之十六小目，黑子一間高掛，白子托碰掛來的黑子。下盲棋時，把棋局從第一手以降一步一步在腦中復現，稱之為仮演。現在是序盤初期，仮演仍非常容易。

——四之十六。

義兄曾說，仮演就是因果關係。只要弄清楚每一手順的因果，自然可以仮演無誤。

二十年前，義兄也曾在同樣的場合，和孫老師進行一場只存在於雙方腦中的對局。而後，義兄前往東京，住進牛込柳町孫老師的日式平房裡，正式成為內弟子。下棋，打譜，研究，接受老師及師母全天候的教育。他被期望成為獨當一面的職業棋士，打入循環圈，摘下頭銜，一年接一年地衛冕，直至實戰譜成為所有業餘棋手研讀的教科書，老去，培養出下一個繼承衣缽的徒弟為止。

然而這一切終究沒有發生。

——四之十七。

——三之十五。

托碰之後，黑子往星位頂，白子三路托住，黑子順勢扳了原占據小目的白子。到了定石選擇的分水嶺。若孫老師在六之十六扳二子頭，將成為小雪崩定石的開頭；若在六之十七多長一手，待黑子在六之十六長，再扳三子頭，則成為大雪崩。

孫老師陷入一陣長考。

◇

義兄中斷修業，回到臺灣後，曾在安和路上一間連鎖棋院教棋。棋院在公寓二樓，有獨立的門鈴，但按錯的人還是很多。門口淹出來的鞋子使樓梯間充滿腳味。義兄的辦公桌在教師休息室的最裡面，從門口走去，要通過不同的黑白地磚。我常常在放學後來這裡寫功課，但從來沒在棋院學過棋。

義兄說，這裡只是陪公子哥玩的地方。

他說，棋院裡的老師，只是一群擅長哄騙小孩的假貨。來這裡學棋的那些，和我年紀差不多的學員，更是假貨中的假貨。

他說這些話時也不壓低音量，儘管下午的辦公室裡沒有人，還是讓我格外緊張。

「所以，我是真貨嗎？」

「你閉嘴。」他瞪了我一眼。

寫完功課，我有時會在對弈區的角落打譜。那邊有一面書牆，都是棋譜和題目集，《孫堰榮名局細解》、《官子譜》、《玄玄棋經》、《死活辭典》之類。

我曾經試著找學員下棋，但沒人要理我。只有一次，一個兩眼距離過寬，長得像鯰魚一樣的男生，在我打譜時突然坐到對面，他不停地從棋罐裡抓出棋石，舉到眼睛的高度，再摔回罐子裡，發生啪啪的聲響。

「你很奇怪你知道嗎？」他的門牙缺了兩個洞。「喂。」

我繼續擺譜，大概又過了十幾手棋，他開始踩我的腳。他說，「要不要下？」

他和我段位相同，分先猜了子，我才想起似乎在門口的榜單上看過他的照片和名字。我已經一陣子沒參加業餘比賽，所以沒遇過他。開局之後，我們在局部迅即糾纏在一起，陷入攻殺比氣。我很快贏了那一局。一般來說棋局不應該在序盤這樣結束，但他投子十分爽快。開了新局之後，一上來又是激烈攻殺。我知道他在玩，就沒有手下留情。鯰魚男輸棋也不懊惱，只是笑嘻嘻地繼續在棋桌底下踩我的腳。

之後，鯰魚男常常在放學後來棋院找我，直到有一次，我們下到一半，一個棋院老師冷冷地看了我一眼，叫了義兄到辦公室角落談話。義兄要我把棋石收一收，自己回家。

「為什麼？」鯰魚男說。

我聳聳肩。我已經習慣了。

◇

過幾個月，家裡突然收到棋院寄來的一整箱私人物品。我問義兄，是不是又做不下去了？

「管好你自己的事就好。」他說。「你怎就不能安安靜靜的？」

他最喜歡這個詞：安安靜靜的。彷彿安靜是一個小孩所能擁有最高的美德。

我從未達成他這方面的期望。尤其是趙公說要安排我參加孫老師的內弟子甄選之後。趙公是臺灣圍棋基金會的理事長，也是一家建設公司的老闆，曾資助過孫老師。我查了孫老師在牛込柳町的宅邸，有圍棋雜誌曾入內訪問，拍了很多照片，連房間格局都可以大略推敲出來。我問義兄，他那時是住在哪一間。他彷彿沒聽見。我又問他，孫老師對他不好嗎？為何會跑回臺灣？他說，閉嘴。

「你不想我去當內弟子，對不？」

他拿起報紙，開始翻閱，臉隱沒在新聞後方。「趙公今天跟我說了。」我說。「但是我還沒決定。」

他繼續翻著報紙，油墨印刷的薄脆紙張發出掐啦掐啦的聲音。

「你把自己想得太偉大了。」他說。

義兄失去棋院的工作後，開始有家教學生來我家上課，趙公介紹來的。那些小孩每次都一臉慘白。因為義兄只要對下棋規矩、布局、細算等等有任何不滿意，就會一動也不動地看著他們，中斷授課，一根一根地拔下自己的白頭髮，放在手心展示。「看到了嗎？這就是你害的。你說說你要如何彌補我？你說說看啊你說說看。」

他的語氣像是在討論一場不幸的車禍賠償。他一臉認真地問那些小孩，要怎麼賠，把他們都嚇哭。

安慰那些小孩是我的工作，雖然並沒有人要求我。其中有一個小胖子，特別能哭。有次他在樓梯間哭到乾嘔，眼淚鼻涕都流到嘴巴裡。我給他衛生紙擤鼻涕，他卻擤到滿手都是。他臉上五花八門各種液體縱橫牽絲，別人看到了，還以為是我在欺負他。正當我聽到樓下開門聲，要他安靜點時，他卻突然抬頭，一臉認真地對我說：

「你好可憐。」

他指的是什麼？我並沒有問。

隨著內弟子甄選日期的接近，我越來越需要練習盲棋。我一個人打孫老師的實戰譜，拿著錄音機，一手一手地念出對局經過，作為聊勝於無的模擬。義兄並不和我練習。

我問他，當初和孫老師下的那盤，還記得嗎？

——那是我這輩子第二後悔的事情。

義兄瞪著我，眼神簡直要在我臉上燒穿一個洞，好像我問了世界上最愚蠢的問題。再次開口時，他說得很緩慢，一個字一個字地，彷彿害怕我聽不懂中文。

「你知道第一後悔的是什麼嗎？你要不要猜猜看。」

◇

孫老師的內弟子甄選下的是盲棋，眾人皆知。「重點並不是輸贏。」我在圍棋雜誌看過這樣的說法。「這是要量測你有沒有潛力，或是說天賦。」

假演算是天賦嗎？義兄從沒評價過我是否有天賦一事，倒是周圍的其他大人非常肯定。

「德生不下棋後，我整整傷心了二十年啊。」趙公最喜歡這樣講。「明亨，趙公的希望全在你身上了。」我和義兄一起聽這番話不下十次，我每次都會臉紅。不是因為這句話的後半句，而是前半句。

義兄被趙公這樣親暱地叫，倒是不會有任何反應。

臺灣圍棋基金會除了舉辦業餘比賽，核發段位證書，也同時在挖掘可能的棋才。趙公說，這就像是他這個腰都彎不太了的老人，一邊唉唷唉唷地喊疼，一邊蹲在一條滿是泥沙的河裡掏金吶。

義兄和我就是如此被趙公挖掘的。

小學時的國際青少年圍棋錦標賽，我被基金會安排捧大會旗，領各國選手進場。那時我剛晉段，據說追平了當初義兄從初學到入段的最短紀錄。比賽當天，我一大早被義兄帶去美容院打點。我害怕洗頭，尤其是躺式的洗頭椅，總是讓我聯想到溺水。義兄那時抓著我的手，說，不要動，「我唱一首歌給你聽，唱完就洗完了。」

那是一首日文歌。老實說，旋律有點單調，像兒歌。但唱著外文歌的義兄完全像另一個人。他並未對我說明這首歌的來由。我後來憑著印象，查了許久，才確認當時他唱的應是伊呂波（イロハ）之歌。那是一首將五十音假名各使用一次所編成的習字歌，在日本無人不曉。許多政府公文、辭典、路名地名之類，至今仍用歌詞裡各個假名的順序來編排目次，稱之為伊呂波順。

色は匂へど　散りぬるを
花雖芬芳終須落

我が世誰ぞ　常ならん
此世豈誰可常留

有為の奥山　今日越えて

有為山深今日越

浅き夢見じ　酔ひもせず

不戀夢淺免蹉跎

我向義兄確認此事。他卻說他早就忘了。

雖然是很久以前的事，但我不覺得那是我幻想出來的回憶。在我更小的時候，義兄確實有一段時期，十分熱衷於教導我下棋，並且他總是反覆要求我練習盲棋：我們對坐，面對著錄音機，一手一手地用聲音對局。剛開始我連中盤都下不完，就已經搞混哪裡有子，哪裡沒子。「怎麼會這樣？怎麼會這樣？」明明不記得的是我，義兄卻總是一臉懊惱地猛敲自己的腦袋。

那時，我們連盤後檢討都一併錄在錄音帶裡。以這種形式保存，事後要收聽檢討的內容肯定比棋譜更沒效率，但義兄堅持如此，說是可以更快適應。

「佊演就是因果關係。」他說。

那時錄下的錄音帶恐怕超過百卷，如今都堆在儲藏室裡。在孫老師的內弟子甄選前的這幾天，我心血來潮想要拿出來聽，才發現那些磁帶早已被蟲蛀壞了。

◇

孫老師身後的落地窗窗簾是拉上的，但夏天的陽光仍透了進來，空氣中充盈著不帶溫度的明亮。近看時，孫老師左邊眉毛旁的凹洞變得特別明顯。像是被玩具車的車輪輾過。那是個沒有色素沉積的坑洞，分不出是疤還是胎記。歲月並沒有填平它。

錄音機繼續沙沙地轉動。

我盯著面前的桌面。展開佊演：小目一間高掛後，白子五之十七托碰，黑子四之十六頂，白子四之十七長。然後是黑子三之十五扳，白子六之十七長，黑子六之十六長，白子七之十六扳，黑子三之十七斷，白子二之十六長，黑子三之十八長。這是大雪崩定石。比起白子六之十六搶先扳二子頭的小雪崩來說，更加凶險複雜，是世界三大難解定石——妖刀、大斜、雪崩——之首。大雪崩定石原本只有外拐的下法，公認是占據小目方稍虧但可以接受的簡明變化，直到孫老師在幾年前的頭銜戰下出內拐。這個定石的創新是他公認的成就。

在內弟子甄選之際選擇和孫老師下大雪崩，要是義兄知道了，肯定會說我是在挑釁。

失去棋院的工作後，義兄開始在夜晚出門，白天睡覺。我幾乎沒和他見過幾次面。直到有天，我半夜起床上廁所，才恰好碰見他回家。我們在黑暗中打照面時，簡直像兩個歹徒不小心偷到同一戶人家般。

「這些錢都是哪來的？」我指了指餐桌。

他平靜地看了我一眼，說，想知道的話，明天帶我去。

隔天傍晚，他帶我到杭州街附近的古舊社區，進了一個根本沒有招牌，毫無特色的一間地下室。他說，這裡是弈園，是下彩的地方。弈園的空間意外地廣大，而且燈光明亮——簡直是太明亮了，黑夜如同白晝，和我以為的賭場完全不同。室內菸味很重，我進去時幾乎睜不開眼。義兄換了兩雀籌碼，塞一雀給我。他接著尋找對手。「怎麼下？」「分先。一目一合。時盡，中壓二十合。」義兄坐下，抓子，留我在旁邊看。過了三四十手，我便明白對方的實力和義兄完全不在同一個量級上，但義兄很努力控制棋局，使得勝負不會拉開。終局時，義兄小勝。「承讓。」他說。他面無表情，只有嘴巴在動。

「懂了嗎？」他對我說。

他開了另一局，沒有要理我的意思。我開始在這個廣大的室內空間裡到處晃。沒人看我也沒人管我。我圍觀了幾盤最多人圍觀的棋局，很快就覺得無聊。我走到最深處，那有一個霧玻璃隔開的房間，應該是不能進去了。霧玻璃旁有個鼻子很大的老人，他想把我趕出去，說這不是小孩子該來的地方。好在他看到我手上的籌碼後就閉嘴了。

我說，要不要下？

「一目四勺。中壓八十勺。啊？」他說。

我點了點頭。剛剛義兄說過的話中，並沒有出現勺這個單位詞。但我想，只要贏了就好。

猜子後他執黑，用迷你中國流開局。布局階段，他一直想用套手套我，但他用的那些都是沒成功就會自損的套手。我似乎啥事也沒做就取得優勢。老人開始不停抖腳，抖到棋石都會微微震動。他說，不介意他抽支菸吧。但不等我回答，他就點起菸來。

我說，隨便你。

中盤戰鬥，我差點殺死了他的大龍。但我及時想起義兄剛剛那盤，收了手，假裝自己失誤了。最終我靠著官子細算贏了五目半。老人立刻要求和我再來一盤。

我沒想到他竟然這麼容易上鉤。接下來幾個小時，我按照義兄示範的那般，一局接著一局，把他口袋裡的籌碼一點也不剩地榨乾。然而，我沒想到他竟開始指著我的鼻子說我作弊。他大聲罵了一堆不知是哪裡的方言。但連我都看得出來，他根本不信自己罵出口的話。有一刻，他甚至停了下來。像氣球突然消了風。他立刻抬高音量，揮舞更大的手勢。棋盤桌子棋石隨之一震一震。

那是很短的一瞬間，但卻非常明顯。

我逐漸摸出那些堅持輸掉最後一分錢的人的行為規律：先是鬥志昂揚，接著懷疑，最後則是憤怒。我遇過有踹提款機的，掀棋盤的，朝我吐口水的。有一位抽雪茄的老頭，甚至還把籌碼摔到我臉上。

每次遇到這種人，我都特別有成就感。

難道義兄是太缺乏成就感，才會來這種地方？連我都明白，這種賺錢方式根本無法持久。

——為什麼要來？

離開弈園時，我坐上義兄的機車後座，這麼問他。他停下動作，安全帽的扣環繩子懸在頸際，晃來晃去。

「我馬上就要成為孫老師的內弟子。不用你養。」我說。

「我不用你養。」我說。

他的身體突然開始轉動。

拳頭。他的拳頭像是慢動作一樣朝我的眼角靠近。衣襬的飄動，口水，呼吸的臭氣，都變得格外清晰。那拳重重落在我的右邊太陽穴上。他似乎沒有打算節制力道。我從機車座椅上翻倒，摔落地上。

「你懂什麼。」他說。

他說得很小聲。簡直像是喃喃自語。地板很涼，很硬，灰塵很多。我撐起半邊身體，摀著自己的臉頰，感覺到有濕濕熱熱的東西滲出指縫。騎樓的天花板很低，外面又有斑駁遮雨棚。路燈的光透進來，只剩一層稀薄到不能再稀薄的光霧。

他默默地看著坐在地上的我，沒有回答也沒有動作。就這樣過了好久。最後，他發動機車，沿著騎樓通道一個人騎走了。我從後照鏡看到他的臉一眼，他緊抿著嘴唇，成一條堅硬的直線。他已不打算再說話。

那晚，我自己一個人走了大半個臺北市回家。半途中去警局問路了幾次。接近清晨將明未明的臺北街頭起了霧，涼涼的蒸氣夾帶著沙塵，迎著風吹到眼睛裡。

我回想起義兄成為義兄的那天，也是在類似這樣的天氣。

很早很早的清晨，我們便起床離家。當天的宴席雖是在中午，但一大早就有許多儀式得做。我們遵循古禮，準備了銀製的碗筷，紙盒裝的帽子，鞋子，長命鎖。趙公很講究這些。當然，他並沒有要我們出錢。只是我得要先去著裝，做頭髮，他有請私人的造型師。在那樣一個忙亂的早晨，當我套上漿洗得硬挺的恤衫，穿上不合腳的皮鞋，繫上紅領結時，曾經第一百次問趙公：所謂的義子，具體來說到底要做什麼？

他一貫地說，不用緊張，什麼都不用做。就是吃頓飯，走個形式而已。

午宴辦在一間臺菜會館裡頭。席開三桌，大部分都是趙公商界的朋友。他除了是臺灣圍棋基金會的創辦人，也是一家建設公司的老闆。要上蒸魚前，有個簡短的儀式：我在舞臺前方象徵性地把帽子與鞋盒送給趙公，象徵性地叫了他一聲爸。「恭喜。恭喜。」在場的叔叔伯伯對我說，也對趙公說。

其實我和趙公的年齡差距，可能更接近爺爺和孫子。

「明亨啊。人生到了這個階段，很多東西對我來說，都是身外之物了。」趙公說。

「德生不下棋了之後，我可是整整等了二十年，才等到你啊。幸好德生的棋才完全遺傳到你身上。」他看了父親一眼。「真是不幸中的大幸。」

父親靜靜地沒有說話。

趙公對著全場賓客宣布，他打算用基金會的名義設立一個獎學金，幫助我們家度過難關。我未來去日本深造之類的費用，也會包括在內。我不記得我們家當時遇到了什麼難關，只記得獎學金這個詞，聽起來太過遙遠。「可是，我在班上的成績很普通欸。」我說了之後，在場的大人都笑出聲，好像我剛講了一個超級好笑的笑話。

「那些都是細節問題。」趙公說。

趙公早在年輕的時候就收了父親為義子。義子的兒子仍是義子。我和父親成了義兄弟。

我的義兄父親整場宴會都不吭一聲，從頭到尾都非常沉默。來敬酒的那些叔叔伯伯，有的拍了他的肩膀，有的問他要不要出去抽根菸。他們都帶著壓抑而抱歉的表情，一邊講話一邊摀著嘴。要拍合照時，我的義兄父親已經連路都走不穩了。他緊緊抓著我的肩膀，站在我左側，趙公則是坐在我們倆之間椅子上。攝影師正忙著指示我們調整身體的各種細節，背挺直，收下巴，手插口袋。我們三個維持著同樣的姿勢，僵直在半空中。「老孫那邊，我都安排好了。就在下週。」趙公沒有回頭。閃光燈繼續啪啦啪啦，啪啦啪啦。攝影師指示了更多不同的姿勢，站位變化和角度。我的肩膀被父親掐得發疼，血液不順所造成的冰涼感漸漸擴散到背脊。更多次快門閃爍之後，父親含糊地說了聲：「謝謝。」

那是他整場飯局唯一說過的一句話。

飯後回到家，我扶著他搖搖晃晃地去廁所。他吐了好幾輪，簡直是把剛剛宴席的食物全都從口腔逆流出來。各種肉沫，菜羹，飯糊。各種食物消化至半途的，前不著村後不著店的形式，伴隨著胃酸和膽汁傾瀉而出。他接著劇烈地咳嗽。我問他要不要喝水，他沒有回答。他反而是叫我拿出錄音機。

「你醉了。」我說。

「閉嘴。」他說。

——三之十六，小目。

我們之間很久沒有過對局，不管是盲棋還是正常棋局。他自顧自地按開錄音機。然而，或許是太醉了，裡面並沒放錄音帶。機器在我們兩人之間的地板上空轉著，發出更低頻而密集的喀喀聲。喀喀喀。喀喀喀喀喀喀。齒輪卡著齒輪，空氣卡著空氣。我想按下停止鈕，他卻緊緊抓住我的手，指甲深深陷入手背的皮肉。

「該你啊。」他說。

他臉面漲紅，毛細孔像是星火般一點一點綻開，眼睛也有蛛網般的血絲。呼吸之間，食物殘渣的臭味迎面而來。

「仮演的訣竅是什麼？來，你說說看。」他說。

「搞清楚因果關係，因此自然能夠記得所有手順？」

「不對！不對！仮演是預見未來。」他說。「你知道我第一後悔的事是什麼？我告訴你呀——」

「你醉了。」我站起身。「我扶你去休息。」

空氣中像是有汽油在燃燒般，烤熟了我的臉頰。他用力揮開我的手，砰地一聲跌坐在地。他抬頭望著我的時候，霎時像是突然忘了自己是誰，忘了我是誰，忘了現在發生的這一切是如何演變而致，單純地，像是從一場過於漫長的昏迷中轉醒。他眨了眨眼，似夢似醒地摸了自己的頭顱，耳際，眼皮，一一確認自己的肢體一切仍然俱在。而後，他側過身，猛烈地吐了起來。

有一瞬間，我甚至希望，這場嘔吐能永遠持續下去。

「三之十六。該你啊。」他含混不清地說。

那是父親成為義兄之後，我們所下的第一盤棋，也是最後一盤。棋局內容我已經記不清了。我們甚至沒有下到中盤。結束後，他繼續對我咆哮。他口中的酒氣混合嘔吐物的味道不停噴到我臉上。他吼到最後，竟然笑了出來。笑得像是從來不曾笑過那般。

◇

韓國圍棋皇帝曹薰鉉和他的徒弟「石佛」李昌鎬大概是世界上最知名的一對師徒了。曹薰鉉拿過國內外無數冠軍，至今仍活躍於各大頭銜戰。他的內弟子李昌鎬在成為公認的世界第一人的過程中，和曹交手無數次。師徒大戰的勝負一路向李昌鎬傾斜。曹薰鉉越來越常輸了棋就翻臉，怒罵記者，不配合拍照，不進行盤後檢討，留徒弟李昌鎬一個人在對局室裡收拾。輸棋後的曹薰鉉常喝得爛醉，徹夜不歸。曹薰鉉的太太每次見到只有李昌鎬回家，就知道丈夫又輸棋了。久而久之，家裡氣氛降至冰點。後來，曹薰鉉連李昌鎬在樓上走路的腳步聲都無法忍受了，越來越少回家。終於，師母開口了，她在丈夫又一次缺席的晚餐桌上，把李昌鎬趕出家門。她一邊說著「滾出去」一邊哭，因眼前這個沉默的少年，可是她拉拔長大的啊。但在丈夫和兒子之間，她選擇了丈夫。

這是我在八卦雜誌上看到的故事。

我知道我的義兄父親第一後悔的事情是什麼。我一直都知道。

飯店房間裡，我繼續盯著面前那張空無一物的桌面。雖然還在序盤階段，卻感覺已過了很久的時間。目前為止的棋局，小目一間高掛後：

白子五之十七碰，黑子四之十六頂，白子四之十七長，黑子三之十五扳。
白子六之十七長，黑子六之十六長，白子七之十六扳，黑子三之十七斷。
白子二之十六長，黑子三之十八長。白子二之十七拐。黑子七之十七斷。
白子八之十七打。黑子二之十八拐。白子二之十五長。黑子七之十八長。
白子六之十八貼。黑子八之十八拐。白子四之十八長。黑子九之十七打。
白子七之十五長。黑子五之十四跳。白子三之十四打。

大雪崩定石已接近尾聲。

錄音機仍在沙沙地運轉著。恆常得像是從來不曾停止過。房間裡的空氣簡直要被這個規律的聲音震出一層一層的紋。如樹木的年輪般一圈包覆著一圈，一圈包覆著一圈。

「六之十六。」我說。

孫老師疑惑地看著我。

六之十六是一個黑棋已經落子的地方。我是知道的。

孫老師按停了錄音機。嘎地一聲。彷彿從遙遠的過去要一直持續到遙遠的未來的，脈搏般的沙沙聲頓然停止。整個房間靜得宛如置身最幽深最純粹的真空。口水滑過食道，喉結上下移動，睫毛轉瞬張闔——如果聲音有形體，這些動作便巨大得足以撐開一切，張破一切。

「你要想清楚啊。」孫老師說。

或許是太久沒有開口講話，他的聲音很沙啞。他清了清喉嚨。

「我忘記了。」我說。

「是嗎？」

「我忘記了。」

他皺著眉，用生態觀察般的眼神，定定地看著我。我迎上他的視線。他似乎正要開口，卻在最後一刻停住了。而後，他靜悄地閉上了眼。

「你決定了就好。」

我安靜地收拾背包，準備離開房間。下一個接受內弟子甄選的人已在隔壁等候。在我要打開房門前，孫老師叫住了我，「你是德生的兒子？」

「嗯。」

「這樣啊。」

他像是理解了什麼般。

「唉。」空氣擦過他嘴唇的聲音是如此地小，以至於我幾乎聽不到。

對於我開局就下大雪崩內拐的挑釁行為，孫老師從頭到尾都沒有什麼表示。我不知道他是怎麼想我和我的義兄父親的，不過在這盤棋結束後，這些已不再重要。

我們已是無關之人。

「謝謝老師。」我對他深深一鞠躬，而後，闔上房門。

那天走出飯店房間，天色仍大亮。那是一個很奇怪的一天。明明就已經很晚了，夕陽的餘光仍然像是燎原的火，到處燒著環繞天邊衛生紙般的破碎雲彩。我一個人走了很久很長的路，一路走到了弈園。這個時間，弈園還沒有什麼人，我推開門時，正好遇到第一次來弈園時的對手，那個大鼻子老人。原來他是工作人員。他站在櫃檯後方盯著我，說，你不要再來了。好像他早就已經在那裡等了一整天，只為了對我說這句話。我點了點頭，跟他說，好。

渦蟲 Ø

室友褲子脫下來時我就後悔了。

不，並不是對大小或形狀感到不滿，那種事怎樣都好。而是一種高峰過了的感覺。就像旅行總是規劃時最有趣，G片總是衣服還在身上時最色情。

他說，你看吧。

他說，我剛剛就跟你說了。

他說，你要停隨時都可以停。

我沒有理他，破罐破摔地開始吞吐。屌含在嘴裡像嚼塑膠一樣，沒有溫度也沒有感動。「牙齒。」他說。我用嘴唇抿住。不曉得是不是因為抗拒，我很快被自己的口水嗆到。口水經過反覆撞擊，變得有點噁心，像是青蛙要產卵的細緻白沫。我別過頭，乾嘔了幾下。

他說，你知道鹽酸是什麼味道嗎？

「什麼？」

他說，是鹹的，鹽酸其實是鹹的。很鹹，大概跟灌腸液一樣鹹。「你喝過嗎？

就是做大腸鏡的那種。」

我沒回答。他開始說起國中時為喜愛的男生喝鹽酸的事。大意是說，他喜歡上一個啟智班的學生，高壯，有著不合常理的肌肉和遠低於外表年齡的智商。他連哄帶騙拐進廁所掃具間，拉鍊都拉下來了，對方卻遲疑了。情急之下，他拿起掃除用鹽酸，威脅說要喝——

「然後呢？」我說。

然後還是沒有成功。他說。「但是這不是重點，我的意思是，那些都是過程。我也有經歷那些過程。」

他看著我，我看著他軟掉的性器。床上毛巾壓出他臀部的形狀，還有幾根掉落的毛。他說，你看吧，你也沒有很享受吧？根本就沒有那麼美好。那些都是被建構出來的。

「對方是異男？」

「不重要。」他說。「不過，不是。應該說，那時候不是。」

他說，對方也去過互助會，而且很熱情參與，還變成關懷組長什麼的。後來透過組織的人脈，找到一份大樓警衛的工作，現在小孩都生兩個了。

他拉上褲子，伸手往床邊摸來手機，要開照片給我看。我說，不用了。

他說，總之，這些都是我們自己的選擇。

他說，等你休息夠了，可以來我們互助會，每週四晚上是成人班，週三則是給十八歲以下的青少年。

隔天早上八點我接到電話，對方自稱是心理師。她說，按照作業程序，出院之後一週必須每天電訪。我說，嗯。她說，你昨晚睡得好不好。我說，嗯。她說，你食欲好不好。我說，嗯。她說，那你現在會不會想自殺。

我說，還好。

她說，你有什麼想分享的事情嗎？

我說，沒有。謝謝你，再見。

上學的路上我和室友說了這通電話的事。我們學校在一個叫羅楞帕可的研究園區裡面，單趟要走四十分鐘。無法騎腳踏車因為一路上都是硬化的乾癟松果，不小心碰到就會把輪胎刺爆。當初這個碩士 program 只錄取了我和室友兩個臺灣人，我們因此合租了房子。室友沒什麼不好，就是包皮過長，尿尿常噴到地板上。我蹲在廁所擦過一次又一次他的尿。

我們走上陸橋，從上空穿過灣區最繁忙的高速公路。我和室友說我從沒看過心理師，原本很期待她要怎麼攻破我的心防，瓦解我的武裝，讓我一把鼻涕一把眼淚地坦承內心深處最難以啟齒的祕密。結果沒想到這麼無聊。室友沒說什麼。我接著說，謝謝你沒有大驚小怪，沒有把廚房裡的刀子都藏起來之類的。

他：「可是你明明不是用刀子啊。」

到學校，我補交了所有作業，又去實驗室領期中考考卷，和助教吵了幾題的分數。助教和教授都以駭異的眼神看著我。他們說，我可以多休息幾天，作業也可以晚點交。我笑了笑，說，不用。

晚上我要去痞子包家裡。每個週三晚上是固定聚會。室友擔心地說，真的嗎？你還要去嗎？我沒說什麼。我上了輕軌就開始睡覺。這段路含轉車要一個小時三十分，開車的話只要二十分不到，但沒人要載我。第一次去的時候，痞子包說我可以發在群裡問問，結果那則訊息被已讀到聚會開始，從此我便搭輕軌。

痞子包開門時說，欸，你還好吧？大家都很關心你的。我說，很好很好，我這不是來了嗎。

屋內坐了約二十個人。差不多全舊金山灣區的臺灣男同志都到齊了。這些人是痞子包一個一個從交友軟體上搜集來的。像在舊書店挑揀絕版漫畫單行本一樣，經過了想像以上的漫長時光才湊齊。他那時說，灣區的臺灣人圈就像臺北的同志圈，而灣區的臺灣人的同志圈，就圈不成圈了。

痞子包說，上次照片的事情，你不要那麼在意啊。我們大家都是好朋友嘛。

全部人都轉頭看我。

我說，沒事的，沒事的。

當晚我們和往常一樣玩了狼人殺。二十幾個人的聚會，也沒別的可玩了。輪的陣營要全體真心話大冒險，所有人都選了真心話，反正天知道回答的是不是真心。問的問題來來去去就是那些：最刺激的做愛地點；最高難度的體位；一天自慰幾次；幾歲時割了包皮（還沒割的人會被嘲笑到死）。輪到我的時候，鬧騰的人都安靜下來。空氣緊繃得像張滿的弓弦。沒有人要開口提問。痞子包看了一下全場，又看了一下我，吶吶地說，那，你說說你最討厭的食物是什麼吧。

我說，納豆。沒人提出任何意見。大家像是看到拆彈小組剪下最後一根電線而仍然平安一般，眼神整個放鬆下來。

臨走時痞子包送我到社區門口，在電動柵欄邊，他對我說，你不要在意啊。你不要在意啊。我笑笑說，怎麼會呢。大家都是好朋友啊。

回到家後，室友問我還好嗎？我說不錯啊，就跟以往一樣。室友走進自己房間又走出來，他看了看我房門前天被消防隊破壞的喇叭鎖（現在是一個圓形的洞，約拳頭大小），又對我說，你為什麼這麼不愛惜自己呢。你都把自己搞成那樣了。你知道我們是有選擇的。有選擇的有選擇的。週四晚上八點在奎克街九十一號珍珠奶茶店斜對面算我求你了。我陪你一起去好不好。好不好。

他說，昨天說的啟智班的同學，你要不要看一下他們全家福照片？人家老大都要上幼稚園了。你看看好不好你看看。

我假裝有興趣地看了一眼他的手機。頓了一頓。我說，那我們等一下再試一次？昨天晚上可能是因為你精神不好。

我看著室友。室友一副看到鬼的表情。我希望他不要誤會。我對他的肉體沒有太大的興趣。只是剛經歷完痞子包他們的聚會，我需要確認一下世界上還是有我能掌控的事情。

室友說，那這樣的話你要跟我去互助會喔。

我說，好。

我們進到他房間，按照昨晚相同的流程操作起來。這次我多了撫摸他後頸和肩胛的步驟，據說愛撫能有效提升勃起機率。我隔著他內褲摩擦著突出的器物。他緊閉著眼，一臉痛苦的表情。我問他說不舒服嗎。他說，舒服。他講話時露出一瞬的放鬆，眉頭舒展開來，像是結束假哭的小孩。我發現他在捏自己手臂的皮，捏得都發紫了。他看到我盯著他手臂，說，你加入互助會就知道為什麼了。「這就像是一個酒精中毒的人戒酒，或是一個糖尿病病患拒絕甜食那樣。越有意志力就越健康。越健康就越有意志力。這是一個正向循環。」

我說，你昨晚也是這樣捏噢？

他說，你加入互助會就知道為什麼了。

隔天早上八點，我再次被電話吵醒。心理師說，你昨晚睡得好不好。我說，嗯。

她說，你食欲好不好。我說，嗯。她說，那你現在會不會想自殺。

我說，還好。

她說，你要不要多分享一點呢？

她說，這個服務是包含在你的學生保險裡面的，你還有二十六分鐘的時間。

她說，或者你現在不方便的話，可以跟我的助理約其他時段，網路上也可以直接變更。需要我告訴你你的預約序號嗎？

我說，謝謝你，再見。

當天晚上我和室友去了互助會。奎克街九十一號是社區活動中心，任何人都可以付費租用。我原以為互助會會使用一個什麼都沒有的空房間，中間圍一圈折疊椅，沒想到還滿豪華的：白色的遮光布幕已拉下，每張桌子上都有進口礦泉水和小餅乾，裝在一個綁有蝴蝶結的小紙袋裡。主持的是一個和我們差不多年紀的白人女性，臉上有一排噴墨印表機廣告般的雀斑。她要我們叫她契姐。契姐顯然早已認識我室友，她稱呼他為臺灣分部的優秀弟兄，還說他曾經在全球年會上做見證。我看了室友一眼，他不好意思地抓了抓頭，一副宣稱自己沒念書卻考太好的表情。

過了表定開始時間十分鐘之後，這個房間總共來了六個人，其他三人可能是老班底，他們毫不羞澀地坐定，對契姐熱情的噓問只回以微笑。

契姐說，讓我們來歡迎新成員。

契姐看著我，說：「我們互助會是由想要學習如何戰勝自己欲望，讓人生更豐富美好的人們所組成，沒有任何其他目的。我不會對你傳教。雖然我的確有宗教信仰。」她咧起嘴笑了一下。「我們也不會搜集你的個人資料，除了 email 之外——對，請填在這個紙板上，幫我傳下去——過程中，你隨時可以離開。」她指了指門的方向。「沒有任何費用。今天沒有。以後也不會有。如果你不想來了，也不會有人去煩你——你知道的。我們跟其他任何團體不同，我們正派經營。」

「現在。」她笑著看著我。「如果你還有任何疑慮，你可以奪門而出。」

大家都笑了。

契姐接著要我們自我介紹，每個成員講完都順便說了他們已經維持健康生活多久。「一年又四天。」其中一個墨西哥裔的年輕男性說。「順便一提，我是一個Undocumented（非法居留者），或者說，曾經是。如今我已取得身分——感謝我的老婆——我永遠不會做對不起她的事情。」

契姐說：「哇——，大家給他鼓掌好不好？」

輪到室友時，他說：「我昨天晚上差點破戒。」

契姐倒抽一口氣。

室友說：「還好在緊要關頭時，我彷彿聽到有一個聲音在跟我說，停下來——，停下來——。我就開始捏自己的手臂，你看。」他捲起袖子。「我覺得這種事真的是要有恆心毅力，要比氣長。我已經維持兩年多了，應該是這裡最久的。謝謝大家。」

契姐點點頭：「抗拒誘惑真的很難，這也是我們團聚在這裡的原因。大家給他鼓掌好不好？」

我們按照順時針順序發言，但室友瘀傷的手臂顯然引起注目。一名矮小的白人男性打斷契姐，說他遇到這種狀況都打自己巴掌，訣竅是要用反手，比較好施力。他示範了動作，打了自己左頰一下。其他人行禮如儀地為他鼓掌。

休息時，我在廁所遇到那名墨西哥裔男子。男廁只有兩個小便斗，我們只能肩並肩。我盯著自動沖水機的紅色光點看。他說：「嘿。一開始總是最難的。」我說：「嗯。」他說：「就算破戒幾次也沒有關係，多給自己一點時間嘿。會變好的。會變好的。」他尿尿的聲音很大，讓我想到水上樂園的滑水道。他似乎感到自己有義務要關照新人，又跟我分享了如何透過自慰來減低對同性的性欲。他越講越詳細，像老爸在教導第一次夢遺的兒子性知識那般。每個過程，每個動作，每個反應的細部分解都描述得一清二楚。我們都上完之後，仍站在原地很久。

走出廁所時，他說，嘿，不然我們互相留個號碼吧？

他對我眨了眨眼睛。

我說，我沒有辦手機。我們國際學生很窮的，是社會底層。哈哈。

他失望地走了。

走回家的路上，室友問我說今晚還行吧？我說，嗯。他很開心的樣子，一路上越走越快，連上陸橋的陡坡都突然變得不會喘了。他說，那你就不要再去和痞子包那幫人攪和了。

因此，這週末我出發去滑雪場的時候，就沒讓室友發現。

滑雪場位在一個叫塔后（Tahoe）的觀光地區。今年冬天雪下得不多，各家雪場裡造雪機轟隆轟隆地運轉著。這種造出來的雪品質不好，滑過幾次後就會呈刨冰狀，摔在上面極痛。痞子包這群人大多是綠道等級的，因此特別在意這種事情。

痞子包本人是技術最好的。他說，我來教你吧。他要我跟他上藍道。我們往和大家不同的纜車站走去。他的雪橇啪嗒啪嗒地大外八鏟雪，爬上纜車站入口。

其他人看著我們的背影笑。笑也是有分很多種呢。他們是遮著嘴，掩著臉卻又深怕別人沒發現他們在笑的那種。雖然我不知道有什麼好笑的。

痞子包問我落葉飄練得怎樣了？我說，就是轉折點轉不太過去，尤其是坡陡的時候。他說，那就是你重心沒放對。

「像這樣，面向山頂那隻腳幾乎是不施力的。」他示範了起來，蹲成一個阿拉伯數字五的形狀，斜斜地側出一隻腳。我跟著做。他走過來，扶住我的腰，往後方挪了幾吋。我的臀部碰到他身上的雪衣，發出塑料摩擦的聲音。「再低一點。」他貼在我耳邊說。又抓著我的手臂調整了一下。

開始實際操作後，我不停摔倒。藍道的坡度對我來說還是太陡了。且每次摔，裝備都噴得很遠。我們大部分的時間都花在上下斜坡撿拾雪橇和雪杖，一下就開始喘。坐在樹邊休息時，痞子包開始摸我的頭。

「有沒有乖乖的？」他說。

我沒有動。

我說，有一件事希望你不要誤會。

我說，我並不是因為你而去死的。

他的手停下了一秒，然後又繼續原本的動作。他說，不管怎樣，他都會傷心。

「不要再那樣，好不好？」他的手順著我的背脊而下，將我的上半身壓入他的懷裡。他繼續摸著我耳背和頭頸。手指順著我的髮旋一圈一圈地滑著。一陣子之後，他輕輕壓了我的頭，往他褲襠的方向。他的褲襠脹鼓鼓地，我拉下拉鍊時，屌簡直是直接彈出來。他說，他有準備我最愛的。

「你上次說的那個，你之前的主人？」

我吸了他的屌的前端，包皮處有沒甩乾淨的殘尿。我說，對，他叫作吳以翔，那時曾經尿在我臉上。

痞子包說，喜歡嗎？

我不知道他指的是哪件事，不過我還是說，「吳以翔不會問我喜不喜歡。」

我含著他逐漸勃起的龜頭，舌頭覆蓋在上，感受到他的包皮像縮時攝影的花苞般緩緩退去。等到充分堅挺後，他開始壓我的頭。他壓得很用力，口中的屌不停撞擊上顎後端。嘔吐反射使得我顎咽肌，顎舌肌，咽上縮肌和頰肌猛烈收縮，像鬆緊合宜的飛機杯那樣按摩著他的龜頭。我嗆出了眼淚。「忍住。」他說。他加快了按壓的頻率。我喉嚨裡的液體和空氣同時被撞擊，發出詭異的嘎嘎聲。我從沒想過自己的身體竟能發出這種聲音。我們並沒有花很久時間。完事後，痞子包射在我嘴裡。他說，這樣清理起來比較方便，不會弄髒衣服褲子。

他拉起拉鍊，說，我就知道會這樣。

我嘴裡仍滿是他的精液、尿液與前列腺液。他滿意地看著我一臉困惑的樣子，「他們賭你不會幫我吹。」他指了指山腳下。他站起身，與來時一樣地大外八鏟雪，啪嗒啪嗒地往樹林外走，滑過幾個小坡，所經之處，黑色的高聳杉木抖落陣陣積雪，震動之下，雪霧茫茫。他的背影矯健，隨著地形起落，一下子就失去了蹤影。

我終於知道那些人在笑什麼了。

走出樹林後，我試著自己滑了幾個坡，跌得不行。藍道實在太陡了，穿上雪橇後簡直無法站起。最後索性脫下雪具，扛在肩上，沿著坡的邊緣半滑半跌地前進。太多人經過的地方被壓成硬硬的冰晶，踩上去就立刻失去重心。我光是行走就累出汗來。漸漸地，經過我身邊的人越來越少。太陽快下山，這條雪道卻仍看不到盡頭。風寒穿透身上的衣服，呼吸之間，冷空氣隨即嗆入肺裡。

我想起幾週前躺在床上，頭上套著俗稱 Exit bag 的塑膠袋，一條管子連到拋棄式氦氣鋼瓶。氦氣是網購來的。派對氣球用，可充五百顆。氦氣流速過快時會發出嘶嘶聲。隨著那樣的聲音睡去，一切就結束了。

我累了。

當初坐纜車上來時，沒注意到這一片雪場都是沒有燈的。

我在寧靜的黑暗中坐了下來。那是一個山坳，小小的背風面，剛好足夠我倚著背包睡去。閉上眼，雪場的聲音包圍著我。風聲，造雪機隆隆的運作聲，還有遠方無線電波般的鳥叫。明明有這麼多聲音，卻顯得寧靜。

天色已經暗得不再需要防雪盲眼罩。甚至，暗得分不清眼睛是張開還是闔起。

黑暗包圍著我。我在寒冷中逐漸失去意識，直到一道強光直直穿透眼瞼。似乎是工作人員在清場整理時發現了我，她喊著口音濃重的英語，迷濛之中，聽起來像完全陌生的語言。她拍打我的臉頰，我瞪了她幾眼，但她並不打算停下動作。「……放開我。」我開口卻無法發出聲音，喉嚨如瓦礫般乾燥。她像是搬運生病的野獸那樣，將我固定在擔架上，又用毛巾遮住我的眼。連著雪具和背包一起，用電動雪橇運下山。

隔天，我買了掃除用鹽酸。

這比想像中還要不容易買。美國人似乎沒有用鹽酸打掃廁所的習慣，但我終究還是在一家華人超市買到了。

晚上，我和室友在家附近的一間中國餐館買了晚飯，那是一家叫熊貓快車的連鎖店，專賣一些美國人想像的中餐，雖然菜名各有不同，本質上就是肉類裹粉油炸，再沾上糖醋醬。室友喜歡這個口味。

飽餐後，我叫他跟我到浴室。

「幹嘛？」他說。

他雖然遲疑，但還是沒停下腳步。我關上門。我說，之前跟你說的，我沒有性經驗，所以才想和你試試看的事，是騙你的。

他嘴巴微微張開，先是吃驚，接著露出十分複雜的表情。他說，那也沒有關係，你不用放在心上。

我猜，他大概是會錯我的意思了。

「你不懲罰我嗎？」

我抓起他的手，他有些反抗，不過我力氣比他大。我把他的手掌按在我左手臂上面，緊緊地壓著。

「越健康就越有意志力，越有意志力就越健康。就像一個酒精中毒的人戒酒，或是糖尿病病患拒絕甜食那樣。」我說。「你不懲罰我嗎？」

我說，像你當初揑你自己那樣啊。來啊。

我說，這不是你們的教義嗎？

他喃喃地說，不是這樣的。

「我還有另一件事也騙了你，我上週末其實是跟痞子包他們去滑雪喔。我還讓他口爆喔。他跟其他人打賭說我會幫他吹，最後還尿在我嘴裡喔。怎樣？」我把他的手從我的手臂轉移到臉頰。奇特的是，他的掌心竟比我的臉頰還要溫暖許多。

「打我啊。懲罰我啊。」我說。「互助會的人不是這樣說的？」

他開始咬自己的嘴唇，一副快要哭出來的表情。不知道是不是我的錯覺，他的手甚至有點顫抖。手掌上的繭因此一搭一搭地磨著我的臉頰。

我說，你不是說會幫我嗎？

我說，你不是說這些都是過程，你也有經歷這些過程？來啊來幫我度過這些過程啊。

我跨進浴缸之中，跪了下來，臉正對著他的褲襠。他褲襠上的拉鍊一齒卡著一齒，一齒卡著一齒，像貪食蛇咬著自己的尾巴，一整排密密的倒人字金屬隨著他身體的顫動而扭曲。「來啊。」

他說，你不要這樣。

他褲襠的皺摺呈放射狀，中心是金屬蛇飽滿的蛇腹。我盯著那層刷白的牛仔褲帆布，想起吳以翔當年拉下拉鍊的手勢。在教室後方的掃具間窗口，站在椅子上的吳以翔居高臨下，隔著網格氣窗望著我。他習慣用他那長而白皙的中指和拇指，輕輕夾著拉鍊頭，以一種儀式性的緩慢，一齒一齒地敞開洞口。而後是尿，溫熱中夾雜著一絲冰涼的尿，從臉上滑落，迅速浸濕衣領，胸口，肚腹，以至內褲。最後，我的屌也緊緊貼著他的尿。

吳以翔的尿接近透明，氣味輕盈，介於礦石和皮革之間，像啟用不久的游泳池撲面而來的新鮮氯氣。而我一次一次跪在地板上擦拭的，室友灑落廁所地板的尿，則接近風乾的動物軀體。

「來啊。來懲罰我啊。教訓我啊。」我說。

我拿起準備好的掃除用鹽酸，高舉過頭，在他身前晃了晃，然後緩慢拆下塑膠封膜，旋開瓶蓋。「怎樣？你現在是要逼我喝這個就對了？」我慢慢地說。

——你不要這樣。

鹽酸的氣味漫了出來。我面前那條金屬蛇仍在扭動。

「來啊。來幫助我戰勝自己的欲望啊。」我將瓶口靠近嘴巴，定定地看著他。

「來建立更豐富更美好——」

他撲了上來，他緊緊抓住我的右手，我被他的身體壓在牆上，動彈不得。他的鎖骨壓上我的側臉，下巴抵在我後腦勺。我的脖子被他擠成奇怪的角度。我感受到他鼻子在我頭皮上噴氣。他一根一根拔開我的手指，試圖搶去那瓶清潔劑。掃除用鹽酸撒出來了一些，落在我們的腳邊。腳趾頭先是覺得癢癢的，接著有一陣悶悶的疼痛。他壓得太緊了，我簡直要無法呼吸。

我終究還是不知道鹽酸是不是鹹的。

◇

痞子包傳訊息來，叫我暫時不要去每星期三的臺灣男同志聚會了，「這樣對大家都好。」

我覺得他誤會我的意思了。

就像室友也誤會我的意思一樣。

室友仍和我一起去互助會。幾次之後，契姐和其他固定成員已經認得我了。輪到我分享的時候，我說我已實行健康生活三個禮拜。我起算點訂在滑雪那次。我很誠實。他們照慣例為我鼓掌。契姐問，有沒有什麼個人祕訣想要和大家分享的？

「喝鹽酸。」我笑著說。「掃除用鹽酸。」

哈哈哈哈。大家都笑了。「你真幽默。」她說。

會後，我又在廁所遇到那位 Undocumented 墨裔男子。不曉得是不是我的錯覺，每次來互助會，我都會在廁所碰到他。

——嘿。真是有緣。

他在門口對我眨了眨眼。「喝鹽酸？Cool idea。」他說。

水聲大作。我的水聲。小便斗的水聲。我上完，洗手洗完，他卻站在旁邊不走。

「嘿。」他說，手指往下比了比。「想不想喝我的鹽酸啊？」

我隨著他走進掃具間。在美國，一般的廁所隔間隔板離地有一大段距離，從外面就可清楚看見裡面的人小腿以下的部位，反而是掃具間隱密性較佳。鎖上門後，他說他從第一次就注意到我了。我說你這樣不會對不起你老婆嗎。他噗地笑了出聲。

——你還真信了啊？

他摟抱著我，像是要把我全身骨頭擠碎。他吻著我的鬢角，然後是耳廓。我說，所以，你其實根本不是Undocumented？

「你說勒？」他在我耳邊吹氣。

他的手和口一路游移向下，順著我鎖骨間的凹陷往胸前滑去。乳頭而後是肚臍。他的口水又溫又冰涼。我腦中卻像是有人生跑馬燈在播放。

啊。我不能再繼續褻瀆吳以翔下去了。

我推開他的臉，他的手，他的身體。我拉開門上的金屬鎖，推開門大步跨出。我發現室友在廁所門口等我。

那是很短的一瞬間，現在回想起來，卻似乎長得足以讓所有表情都在他臉上輪轉一回。我拉了拉衣領，一顆一顆扣好襯衫扣子，繫好皮帶，又把內衣下襬塞進牛仔褲裡。

「久等了。」我說。

我走近室友。

「如你所願。」我說。「我放棄當一個男同志了。」

沉浸式什麼什麼
成長體驗營

我買了一把槍，九釐米的手槍，適合初學者。我和芯寧說，這是為了自衛。

她點點頭，說，很好。

週末我去了聖荷西郊外的靶場，請了教練。我練習的是六點四米實彈射擊，接近戰最實用的距離。教練要我挑選靶紙，他說，靶紙選得好，有動機、有目標，才學得快。「許多人都會客製化靶紙，像是放上前妻或前夫的照片之類。」他說完發現我沒有笑，自己乾笑了幾聲。

我選了客製化靶紙，放上我和芯寧的合照。

我發現自己似乎很有射擊的天賦，在練習幾回後，就能夠很準確地命中自己的雙頰、眼窩、鼻梁、人中。然後是她的眉心、太陽穴、顴骨、下巴。每當靶紙從射擊線往前滑來，都可以看到那些精準而俐落的彈孔——那些彈孔出現在我們兩個臉上是如此地合適而美麗，像一根手指頭終於搔到了背後的癢處那般，妥切，服貼，就連強迫症患者都能因此感到幸福。

「你這樣就要放棄了嗎？」這是她最喜歡對我說的話。

雖然並沒有經歷過正式的求婚，但我和芯寧花了太多時間討論關於結婚的各種細節，詳盡到一種不說自明的階段。彷彿哪一天早上醒來，憑著當天的天氣、心情、星座運勢而前往市政府辦理登記也不突兀的地步。

但我現在誠摯地不知道，究竟是我們會先結婚，還是我會先失手擊發這把新買的九釐米手槍。

◇

我和芯寧變得熟稔是在一場公司內部活動。我們老闆前幾年得了癌症，應公司邀請，在化療時直播了一場激勵講座，講題是「燃燒生命，實踐輝煌人生」一類空洞無意義的字眼堆疊。他有著攝人心魄的高昂聲線，和投影幕上風中殘燭般的體態毫不相稱。講到激動處，他身上的管子都在震動。

「好恐怖。」偌大的會議室裡，芯寧正巧坐在我隔壁。「他身邊一個人也沒有。」

中場休息時，我們在供應點心的攤子前又巧遇。或許是因為剛剛直播裡那些管子、高頻音器械、人體殘敗破碎的模樣和演說內容對比太大，許多同事陷入了集體性的傷春悲秋漩渦之中。芯寧也不例外。她開始對我說她在康乃爾讀碩士的時候，每一次感冒，都以為自己會死。當她發高燒躺在床上，四肢痠軟無力，窗外是零下二十度的暴風雪，而她連爬去廁所的力氣都沒有時，總會漫天神佛地祈禱，懺悔自己做過的所有錯事。而她所做過最錯的事，就是竟然沒有速速在美國找到一個伴侶。

「灣區就像是外太空。」她說。「只要有一個地球來的，長得像人的生物，我都會撲上去。」

那是我們多年來第一次交談。但那時刻，我感覺她釋放出一種訊號，就算我立刻拿點心攤上的一根蛋捲向她求婚，她都會答應。

我想起雜誌上看過的一種叫作「小屋熱症」的現象，好發於高緯度地區嚴寒的冬天，當人們被迫長時間處於相同的狹小室內空間中，會對彼此產生異常強烈的情感，諸如鄙視、嫉妒、憎恨——或是不合理的愛意。美國儘管地理上廣袤，但對我們這些第一代移民來說，心理意義上或許的確狹窄如暴風雪中的一幢小木屋。

那天晚上，我邀她來我家。吃飯，看影集，搭肩，摟背，一切都按照我預想地進行。我們像要把骨頭全部擠碎般地擁抱，把口腔黏膜全部咬爛般地接吻。然而在脫光衣服之後，她發現我無法勃起，我發現她乾燥如硅藻土。

「你不是gay吧？」

過了幾秒，她又說，「抱歉，當我沒問。」

基於禮尚往來，我原本想說沒關係，我也不在意妳是不是拉子，但我還是說：

「我上過很多女生。」

她聳聳肩，不置可否。

「妳為什麼找上我？」我說。

「因為我累了。不行嗎？」她說。

沉默淹沒了我們。她的嘴巴開了又闔，像要補充些什麼，最後仍是沉默。

又過了半分鐘，她終於開口。她開始提起她那些圈內朋友，誰離開美國，誰得了精神疾病，誰離開美國並且得了精神疾病。留下來的人之中，她則是提到了小恩。因容貌和跨性別身分而不受待見的小恩，唯一找得到的臺灣人圈內團體遠在洛杉磯。每週末小恩從北加開到洛城，單趟就要八小時。五號州際公路的荒蕪旅程終於折煞她的那晚，她傳訊息給芯寧。「求求妳陪陪我，一個晚上就好。」然後就傳來敲門聲，原來她已在芯寧家門口。芯寧趕緊把燈都關了假裝不在家。

據傳，那天晚上小恩去鬧了群組裡的所有人。

後來的小恩行蹤成謎。有人說她包養了在臺灣的女友，一個月付對方十幾萬，但不到半年就被甩。有人說她為追求網友搬到紐約，換了一個避險基金的工作，結果發現自己是小四。有人說，她回臺灣了，剃髮住進一間尼姑庵，估計是看上哪個師父吧。

類似的故事還有小晴、辛姊、臻真……。芯寧描述這些故事時帶著毫不合宜的歡快，彷彿和那些人有什麼深仇大恨。那樣漫長的，反覆的暗示，為自己的行為背書，使得她聽起來比故事裡的主角還要恐怖幾分。

或者說，就跟我一樣恐怖。

「我的異性戀朋友還說，欸你們現在不是可以結婚了嗎。」她說。「結他個狗屁婚啦幹。」

我輕輕觸碰了她的手，她手的溫度奇高無比，像加州日日高掛在天上的，盛大而毫無意義的太陽。那樣單調而強烈的陽光，無止盡地照亮著底下寂寥、乏味、忙碌且汲汲營營的人們。那天晚上她暫時說服了我：或許我們就是需要找一個不管是誰的人，才能橫渡名為移民生活的這場漫天遍野的太陽雪。

但我現在不再這麼想了。

◇

我們交往之後最常講到的話題就是結婚。什麼時候要結婚，在哪裡結婚等等。週末或是國定假日，我們行禮如儀地沿著西岸血脈般的公路前往各名勝景點：優勝美地、塔后湖、蒙特瑞灣、聖塔克魯茲，最遠曾到拉斯維加斯。我們無法對這些景點產生興趣，只是在假裝，做一些所有情侶都在做的事。

某一次長途的公路旅行，當我在副駕駛座緩緩轉醒，慢慢睜開眼，轉頭看見她，和前方一切再熟悉也不過的高速公路休息站風景時，突然就理解了人類的決心在情緒面前是多麼無力的存在。

「我們回臺灣好不好？」我說。

「什麼時候？」

「現在。」

現在開車去機場，到長榮櫃檯買兩張今天深夜出發的舊金山臺北直飛機票，十幾小時後，我們就會出現在臺北。但那時我不知道的是，我會在行李轉盤巧遇回臺舉行婚禮的大學同學彥均。當他一邊挽著未婚夫的手，一邊遞喜帖給我時，我只能緊緊地摟著芯寧的肩膀。

「我們是打算明年年底，你知道的，好場地很難訂。」我笑著說。

彥均又說了一些真羨慕你們，還有一年的自由時光之類的話。我的笑容撐得太久，嘴唇簡直要咬出血來。他繼續上下打量著芯寧。我雖早已準備好說詞，什麼情慾是流動的自我認同是連續光譜之類。但看到他那副寬大為懷、悲天憫人的神情，我只想直接戳瞎他眼睛。

那個週末，我們就這樣飛回臺灣又折返，總共在飛機上待了二十六小時。回到舊金山機場時已是週一早晨，我們打算直接開到公司，卻在一〇一號國道南下路段碰上嚴重塞車。我將手機固定在駕駛座右前方的平臺，開著導航軟體，彥均的訊息卻不停跳出，說沒想到我過得這麼不好，他跟他老公都好關心我，又說，如果有什麼心事可以找他們講之類的。

那次之後，我和芯寧很有默契地沒再提過回臺灣。

我們仍持續討論著結婚的話題。她說，拉斯維加斯市政府有提供「得來速」結婚登記，免下車，就像購買速食一樣便利。

「你不覺得我們公司也應該要有這樣的服務？」公司的園區裡，有定期前來的理髮車，銀行臨櫃業務代表，甚至可以直接辦理市立圖書館借還書。「就只差得來速結婚登記了。」她說。

「妳想去登記？」我說。

「你不想？」

那是一個平凡無奇的假日，我們走在公司園區的步道，正在等待辦公室的洗衣烘衣服務完成。自從決定不去名勝景點之後，我們週末的休閒就是來公司洗衣服。

——這陣子，我常常想到我們老闆。

我指的是那個促成我們認識的癌末老闆。他的職位是Director，階級是L8，高中代表波蘭拿過資奧的牌，大學畢業後就進入公司，從L3工程師開始幹起。意思是，他在十四年內連升了五次，還得過執行長特別表揚獎。他買了一棟附前後院游泳池的房子在庫帕蒂諾，一個人住。他養了一隻狗。他太忙了所以聘請專人照顧那隻狗。

他現在在安寧病房，天天遠端連線上班，手指頭沒力氣打字了，改用聲控輸入。

「我們活得那麼辛苦，到底是為了什麼。」我說。

她突然轉頭看向我，說：「你只是一時鬼迷心竅罷了。」

「我是過來人。」她說。「這種想法，只是一時鬼迷心竅罷了。」

彷彿還嫌不夠似的，她開始對我說，自從和我在一起後，她每天都要吃安眠藥才能入睡。那藥有夢遊的副作用，某一天深夜，她發現自己醒在游泳池裡。那是一個月亮和星星都無光的夜晚，她身上穿著洗到鬆脫的T恤，在池子裡的腳還踏著拖鞋。池水並不深，只到成人的腰部。恍惚之間，她掙扎地爬上池畔的日光浴躺椅，等待身體風乾。她頭痛欲裂，身上全都是池水蒸發後的鹽。這個游泳池號稱添加了海鹽來模擬度假風味，是本社區的一大賣點。

早班管理員以為她是闖入社區的街友，差點要把她扭送警局。

「即使如此，我也沒有放棄和你在一起。」她以一種預言的語氣說。「你也該長大了。」

◇

除了在一些鳥不生蛋的偏遠地區以外，加州對於公開持械（Open carry）基本上是禁止的。對於隱匿持械（Concealed carry）的規則就複雜許多。首先需要申請許可證，而許可證的發放與否充滿未知數——主管機關保有最終裁量權。意思是，就算滿足所有明文條件，它仍可以拒絕核准，不需任何理由。我查了網路上的說法，一般認為，各郡管理鬆緊差異甚大，舊金山市嚴格，中央峽谷（Central valley）地區寬鬆，而南灣則是處於光譜中間的尷尬地帶。

因此，我獲取隱匿持械許可這件事，可以說是出乎意料。這意味著我可以在不曝露槍枝的狀況下，盡情地攜帶它。我可以放在後車廂、後背包、手提袋——甚至是口袋裡，只要我的口袋夠大的話。

隨身攜帶上膛的槍枝是有快感的。這似乎是缺乏控制感的補償機制，如同縱火犯是缺乏關注那般。我逐漸理解亞利桑那州那些去便利商店也要在腰際繫把槍的白人的感受。我也成為一個槍不離身的人，不論是在家裡或外面。

「我想拿槍掃射唐彥均的婚禮。」我對芯寧說。「或是同志大遊行？討論新創公司融資狀況的雞尾酒會也可以，總之人要有點多，逃跑的時候會互相踩到的那種。」

我們正在玩「人生五十問」親密關係促進卡牌。它的理論是，理解帶來親密感，所以只要兩人誠實地回答教材裡的「深度隱私」提問，就可以系統性地增進彼此的感情。芯寧坐在我旁邊，面對著同一個方向，這個座位安排也是教材要求的。

我抽到的卡牌是：舉出一件你想做，但難以啟齒的事情。

說出口之前我也是有點掙扎的，儘管這個答案並非完全誠實。芯寧只是說，謝謝我的坦白，她相信這樣的坦白對我們的溝通將有莫大的幫助。我知道她正在照著遊戲說明書上的指引說話，這使得她像是一個訓練過於倉促的客服應答員。

「這樣妳有更了解我了嗎？」我說。

她正在洗牌，一邊洗一邊瞪著自己的手指。我說，假如累了就別玩了。她沒有說話，只是啪啦啪啦地一直洗牌。交疊法，側切法，燕尾法都用過一輪。然後不停地查閱說明書，彷彿再繼續看下去就可以領悟什麼曠世真理。

「你根本沒有在努力啊。」她抬頭。

「我明明這麼努力，這麼辛苦。」她說。「你只是不停地想要放棄。」

我說，嗯。

她一反平時的激動，只是喃喃地說話，聲音小到我根本聽不到。這種經驗我也有過，對現況恨到一種地步，就會變成徹底的麻木無感。我默默地看她深呼吸，直到窗外夕照斜斜地爬上她髮梢。

「我們再試最後一次。」她說。「最後一次就好。」

她口中所謂的最後一次，指的是另一個沉浸式體驗課程，以擬真的設計和引導，別出心裁的製作聞名。我們公司的企業內訓也跟這間廠商合作。參加過的同事繪聲繪影地描述，在領導力成長體驗營三天兩夜的活動之中，甚至包含營隊工作人員集體罷工的橋段。原本互相不認識學員們必須在短時間內通力合作，才不至於斷炊。

我依約參與了活動，雖然我不覺得有什麼幫助。但畢竟，是最後一次了。

活動當天，有專人接我們前往會場。會場在舊金山往北過金門大橋之後，開向莎莎莉朵以西的山區。狹窄的山脈再往外就是太平洋。司機在蜿蜒無盡的山路上開了一陣，突然開始減速，越開越慢，最後靠邊停了下來。他說，車子拋錨了。他要在這裡等救援，可能得等上幾個小時，所以他建議我們直接從這裡走到會場，反正已經不遠了。

他遞給我們地圖、指北針和兩瓶礦泉水，饒富興味地對我們眨了眨眼。來了。

我們按照地圖的指示，避開車道，穿過眼前的一片芒草草原。這一段路是先上坡再下坡，所以暫時還看不到目的地的建築物。芯寧認真研究著地圖。而後，朝一條人跡罕至的路徑快步走了起來。她說要上廁所，接著在芒草叢裡蹲下，窸窸窣窣弄了一陣，我們才又上路。但此時我注意到，剛剛停在路邊那臺載我們前來的，宣稱拋錨的車，已經失去蹤影。

「看吧。」她說。「這代表我們目前的行動在正確的途徑上。」

我們開始登山，正正切過整片芒草原。這裡手機收不到訊號，只能依靠地圖。芒草到人的腰部，擦過衣服的時候，發出碎紙機般的聲響。悶熱而乾燥的風吹在臉上，像砂紙刮擦，彷彿很快要流出血來。我們根據指北針的校準，朝著地圖上標示的目的地蹣跚而去。又走了一陣子，上坡的坡度更陡了，我們只能四肢著地，手腳並用地爬行。泥土滲進指縫，蟲子在呼吸間飛過眼瞼。瞬間有種不知為何而來之感。

「再堅持一下下。」她不知是要說給我聽還是給自己聽。

接近正午，芒草在陽光的照射下，散發出草本植物加熱後特有的腥味，濃烈而侵入性地，在我們每一次呼吸直入脾髓。我頭開始變得昏沉，腳下的步伐越來越吃不住土。在一次前傾滑倒之後，我說，我爬不動了。

「再堅持一下下就好。你看我都還能爬。」她說。

「我爬不動了。」

她轉頭看著我。她自己臉上也滿是汗珠、泥土和碎草。瀏海黏在前額上，她用手背撥了撥，卻什麼也沒撥到。喘氣之中，我只覺得芒草的味道越發噁心。我們坐在一望無際的斜坡上，用背包當靠墊，以免草叢刮擦臉部或脖子。我專注在自己的呼吸，一口氣接一口氣地，把噁心想吐的感覺從體內驅除。芯寧蹲坐下來，和我面對同一個方向，就像親密關係五十問教材指示的那樣。

「舉出一件妳想做，但難以啟齒的事情。」我說。

她說，什麼。我說，就是之前那個題目啊，我回答過了，該妳。

芯寧看了我一眼。「做前顳葉切除術。」

「什麼？」

「對你和我自己做前顳葉切除術。不過，哎，算了。」她說。「還是像你那樣，一槍打爛比較輕鬆。」

「像我那樣？」

「喔別裝了。」她說。「你以為我不知道你買那把槍心裡在想什麼喔？」

「那妳為何還堅持參加這活動？」

「那是之前的我，哎，我那時覺得這一切還有救。」她說。

一陣風吹來，芒草簌簌晃動，互相摩擦。風越吹越大，簡直是要把人給颳上天那般張狂。芒草摩擦的聲響宛如一千萬臺碎紙機轟轟運轉，包圍著我們。彷彿這個世界上再也沒有其無法抹消的事物。

「把你那把槍拿出來吧。」她說。「你一定有帶吧？」

我靜靜地看著她。沒有動。

「先給我來一發，然後給你自己一發。」她指了指自己的太陽穴，又往我的頭部比劃了一下。「就像你一直以來想要的那樣。來吧。」

她轉身背對我，面向山坡的另一側，對著無人的前方大吼。

「我放棄。」

「我投降。」

「我認輸。」

「我操你爸的矽谷。」

「我幹你祖公的美國。」

她迎著風，以致於聲音都被扭曲成霧濛濛的形狀。舉目所及皆是亞美利堅最典型的風景——一望無際的荒山，荒地，荒谷，無人無車的公路，和公路上斑駁的分隔線漆。灰褐色的草原在太陽的照耀下更顯死寂，彷彿風再大一點，眼前的一切就要粉碎殆盡。

我終於受不了芒草的氣味，低頭吐了起來。

我早餐沒吃什麼，所以嘔出的都只有水和胃酸，漫長的嘔吐過程的最後，連綠色的膽汁也吐了出來。休息了很久一陣子，我的呼吸才平息下來。然而，芯寧仍是保持著同樣的站姿。我不知道她是否仍在等待子彈穿過她的腦勺。

「走吧。」我說。

她緩緩地轉頭，鄙夷地看著我。

「我不想帶著滿嘴嘔吐味死去。」我說。

我們沉默地往目的地前去，繼續手腳並用地攀爬。陽光如火，燒烤著我們的背脊，後腦，手臂。無聲的爬行比先前更加地累人，芒草還是一樣臭，但我沒有再跌倒，也沒有再嘔吐。當汗水徹底浸濕內褲，連外褲都印上了一圈汗痕後，我們終於看到了終點的活動場地。

場館的前方有手冊和一人一瓶的小型罐裝甜酒。我們拿了就離開，沒有想要進去的意思。我一想到裡面的主持人等一下可能要玩的把戲——一臉睿智地用低沉的嗓音要大家回想這一段蒙難經歷，「忠實而不帶判斷地說出自己的感受」之類——就覺得這個世界趕快被炸毀算了。

芯寧跟著我默默地離開會場，不顧工作人員在身後大呼小叫。我扯開甜酒，咕嚕咕嚕地大口灌了起來，喝完自己的又喝完她的，直到嘴裡、喉嚨裡的嘔吐味全都被異樣的甜香沖洗掉，才停止。我們沿著公路的路肩行走，一邊叫了信用卡的道路救援。我說，在死之前，我還想開車兜兜風，反正我們不急。她點頭表示同意。在路邊一處凹彎的防撞欄旁邊等待的時候，我們真切覺得時間很多，反正一切都無所謂了。

信用卡的道路救援服務很快為我們送來一臺租車，可以明天再還。我在濱海的高速公路上一路狂飆，和所有遇到的所有車競速。我擅長在他們車後狂按喇叭，等到超到他們正前方後，再故意踩幾下煞車。有時我會拉下車窗，對他們比中指，再撒一把硬幣，聽那些金屬撞擊他們板金和擋風玻璃的鏗鏘聲響，再叫他們 Go home and fuck themselves。

有一段特別筆直的路，我開啟定速模式，接著後仰，雙腳搭在方向盤上，靠著腳底來控制方向。芯寧則是忙於對著後照鏡補妝，她可能在意死前的容貌吧。

公路很長，太長了。幾個小時是不可能開到哪裡去的。

當天色暗下來時，我們終於出了車禍。雖說是車禍，也只是小擦撞——當我們從一條匝道併入另一條高速公路時，撞到了左側的車。對方的車似乎是頭燈壞了，整臺如融入夜色的黑影，當我打轉向燈，往左方滑去時，後照鏡裡只有一片墨色漆黑，什麼也沒看見。撞上後，汽車安全氣囊彈射出來，我和芯寧都受了一點擦傷，但無大礙。我們下車時，正好遇到對方駕駛，一個小眼睛的白人男性，正打量著渾身酒氣的我。

他說，老兄，你有大麻煩了。

他說，他可以答應私下和解。「反正警察來，對你沒好處嘛。酒駕的刑罰可不低呀。」

他露出那種令人打從心底作嘔的笑，打開手機的計算機，按了一個大得離譜的數字，在我們面前晃了晃。「就看你們的誠意了。」

我笑了出來。

我筆直走向後車廂，裡面有我的背包，背包裡面有那把我日日夜夜攜帶著的槍。現在終於是它出場的時刻了。我的手像是全自動導航的機械一般伸向底部那個壓克力盒子。我會先將他的雙腳腳踝肌腱射斷——我不射膝蓋，這樣才能命令他正正地跪著——然後是雙手手肘，以及眼睛。我會塞許多東西到他的肛門裡，再把他的手指甲一片一片拔下來。擊發子彈的後座力；汽油淋上他身體時，他求饒的叫聲；人類脂肪燃燒的臭味；彈殼落在草地上若有似無的輕音——我的腦中像是有一整部電影在播放。

啊。我至今宛如沉浸式什麼什麼成長體驗營般的人生就要結束了。

然而，就在我摸到槍套皮革的觸感時，芯寧按住了我的手。她一點聲響也沒發出，神不知鬼不覺地來到我身後。她的身體緊緊貼了上來，手臂繞過我的右側，壓住我還在後車廂背包裡的手腕。她呼吸的熱氣冒在我的耳朵旁，手指頭則是一根一根地掐入我的肉裡。她的手就如同初識時的那天一般，炙熱，滾燙，像加州日日高懸的太陽。

她說，「對不起，我改變主意了。」

夜裡的風將她的髮吹得散亂，彷彿剛從冥河裡爬出來的女鬼。她的眼神就像是死過一次了那般，不再是同一個人。

千萬分之一毫秒之間，她轉身，背對著我，朝著那小眼睛男子大叫了起來。

「開車的是我，你這白痴。」她吼著。

「叫警察啊。你叫啊。」她繼續吼。

「天知道你這臺車是不是贓車。頭燈也不亮。」她還在吼。

「Mother fucker。」彷彿還嫌不夠似的，她豎起一根中指。

我的手就這樣按在槍把上，眼睜睜地看著這一切發生。我的手汗浸濕了皮革套，像要把身體的溫度都遺留在上面似的。

警察來了。是芯寧用手機叫來的。她泰然自若地跟警察說，天色太黑了，對方頭燈沒開，她看不見。白人男子大聲對警察說我們是騙子，開車的是我不是芯寧。但警察只是一臉疲憊地叫他趕快把第三方責任險的保險證明拿出來，不要再拖時間。

這整天的經歷的確改變了一些事情。不管是對於我，或對於她。

在那發生後一週，我們擇日不如撞日，趁著國慶連假開車到拉斯維加斯，去得來速婚姻登記辦理了手續。誓詞中，我在英文的 I love you 後，用中文說了「我不愛你」，她說「我也是」。我們手牽手，在臨時找來的公證人（時薪二十五美元）的見證之下，完成了一系列行政事務。

往後受邀出席傑出校友演講時，我總會和臺下那些學弟妹說，在矽谷，人們得要先死了，才能活下來。

成為了法律上的夫妻後，我和芯寧都升職了。公司股票開始像沒有明天般地飆漲，漲到連最忠心耿耿的員工都覺得恐怖的地步。我們買了一間帕洛奧圖的獨棟。我開始經常性地失眠，靠著芯寧的安眠藥才能勉強入睡，那藥夢遊的副作用也開始發生在我身上。有時候我會在後院醒來，有時則是在樓梯間，像一條地毯般一格一格地填滿階梯的直角。還有幾次，我醒來的時候，發現自己手上正握著那把槍。夢裡永遠是那個漆黑的高速公路匝道，綠底白字的看板，和一望無際的芒草叢。小眼睛男子在我眼前活靈活現地嘲弄我。彷彿當時錯過開槍機會的我是個百分之百的魯蛇。

終於有一次，我下定決心，要在夢裡對他扣下板機。當我牽引手指關節，板機幾乎就要超過發射的臨界點時，卻被一股巨大的力量壓制住。我從睡夢中驚醒，發現是芯寧拉住我的手。我倆正站在水深不及腰的後院游泳池內，我手中的槍正指著自己的腳趾。

「你欠我兩次。」她說。

我爬上了岸。轉身，對著池水一發接著一發地，把彈匣的子彈都射完。那些子彈的爆響，旋轉，高速穿入水體的力道，都像極了教練場那些靶紙的彈痕，那麼美，卻那麼地不合時宜。我想像這些彈頭在池水之中緩慢氧化，生鏽，終有一天，會連形狀都無法辨認。芯寧撿起其中一枚彈殼，說她要留作紀念。那枚彈殼擺放在她梳妝臺上，用一個玻璃盒裝起。我們的池子也加海鹽，那些鹽花在彈殼上結成一片一片的冰晶，像細小而永恆的森林。它們永遠不會融化，也不會變髒。

現在是彼一工

你有感覺了嗎，明亨說。我覺得腳趾頭有點癢癢的，指甲裡面好像有蟲在爬，老皮說，這是不是副作用？我們趕忙用手機查維基百科，發現並沒有寫。老皮扭了扭腳趾，他在床上還穿著襪子，好像還沒適應加州的天氣。不是應該看到什麼七彩泡泡嗎，他說。我們都笑了。

——你以為是小學生的金剛鉛筆盒噢，還可以折射出不同圖形咧。

老皮沒有露出不好意思的表情，大概是太習慣了。他說小時候發高燒，燒到四十一度，把頭腦燒壞了，在那之前他可是很聰明的。他表情游移，越說越慢。我猜這個說法是他媽灌輸他的，而他本人也沒有很相信。

不過我們還是連忙說，沒有沒有，你現在也很聰明啊。

明亨把一撮草倒進碎菸器，轉了幾下。他拿出一張新的濾網，折成扇形，重新套在玻璃壺的壺嘴上。這個玻璃壺的造型十分奇特，豎琴般的長開口微微傾斜，尾端放大，像一隻凝固的袖子。他先前解釋說這個叫bong。老皮立刻開始查單字，但沒查到。明亨說，別煩了。他打開金屬盒蓋，把草末倒進濾網裡，點著了以後，我們輪流拿著壺從另一端吸氣。一吸氣，壺裡的水就咕嚕咕嚕地滾出許多泡泡。

你們有聞過臭鼬的屁嗎，老皮說，和這個味道好像。我們愣了一下。我當然沒聞過臭鼬的屁，我連臭鼬都沒有看過。我說我覺得這味道比較像過期的健素糖，糖衣全部因為年久而脫落的那種。老皮說他小時候超愛吃健素糖。明亨說那不是豬飼料嗎，而且會得癌症。老皮就沒有說話。我們又吸了幾輪，我開始覺得頭有點暈，而且有點熱。明亨站了起來，開了窗戶。老皮說開窗戶不好吧。明亨說擔心什麼，加州早就合法了。

老皮第一次來加州。他是我們大學同學，現在在伊利諾讀博士，讀了十年，中間技術性休學過兩次。老皮說，他這次來灣區，除了參加遊行，主要就是前女友來舊金山玩，要當她的司機兼地陪。前女友英文不好，託他打去預訂餐廳——市區那幾家熱門下午茶都不能網路訂位。反正這邊的景點分散，不開車不方便，乾脆一不做二不休，順便載她幾天。老皮說著就笑了起來。我說你們是不是快要復合了。老皮說，沒有啦。

明亨看了老皮一眼，說慶祝老皮的前——女友蒞臨灣區，今天的份全算他的。老皮說謝謝。

再過幾個小時，我們就要去遊行了。老皮說，現在我們三個都吸了，等一下誰開車。我們沉默了一陣，一次吞口水的時間後，明亨說他可以開。老皮說真的嗎，連喝酒都不能開車了。明亨說這個本來就比酒跟香菸還要輕微，不然怎麼會合法，大不了大家一起撞死，還可以領一筆保險金。我知道明亨在說什麼。我和他在同一間公司。公司有幫我們投保高額壽險，賠年薪的十倍，是員工福利的一部分。

我們拿出紙筆，開始認真算起如果真的撞死了，父母可以領多少錢。我和明亨工作了好些年，已經和那些週末華人超市裡全身上下公司防風夾克、公司T恤、公司夾腳拖、公司太陽眼鏡、識別證永遠不會從牛仔褲上拔下來的年輕男孩不一樣了。說白一點，我們已經過了可以心安理得地炫耀公司和收入的年紀，很久沒有講起這類話題了。這次機會難得，因此特別來勁。明亨算起了他歷年年終分到的股票，分四年發，他說不確定保險金的算法是否包含這部分。

「如果包含了，那就是一筆死得很值得的數字。」他說。

老皮沒有辦法加入我們，他看起了電視。他一直轉臺。健身中心回數券，菸害防治，早餐玉米穀片，壯陽藥，超音波水療按摩衛浴組。不知道為什麼，每一臺剛好都是廣告。

突然，明亨說他有感覺了。

怎麼怎麼。我們問他。

他說，肚子有點痛。

明亨去上廁所的期間，我和老皮把濾網上的灰燼倒掉，清空了碎菸器。老皮先用手指摳著金屬齒夾，再對著摳不到的隙縫吹氣，把殘渣一點不剩地清出來。我們沒有人講話。窗外車流聲像暴雨一樣連綿不絕。這間旅館旁邊就是高速公路交流道，距離近到可以直接從窗戶跳到路肩。我把窗戶關了，坐回床上，和老皮並肩。這房裡沒有其他可以坐的地方。老皮把電視的音量調大，靠了過來。我感受到他身體的熱度，頓時又覺得該把窗戶打開。

他轉頭，小聲地對我說，其實要來舊金山旅遊的不是他前女友，是他前女友的父母。所以那些下午茶餐廳是她父母要訂的？他說對。我說恭喜恭喜，進展得那麼快，是不是準備要結婚了。他搖搖頭，說這一切非常複雜，但總之不是我想像的那個樣子，百分之百不是。我的笑容瞬間僵在臉上，像一層油。老皮說，沒有關係，不要在意，你就當作不知道這件事吧。

他轉頭回去看電視，又說，不要讓明亨知道。

我說好。

我不知道老皮去當前女友父母的司機兼地陪卻沒有要復合是什麼樣的狀況，這已經遠遠超過我對人情世故的理解。老皮繼續看電視。他轉到了一個地方性的新聞臺，專門播一些貓咪卡在樹枝上、小孩騎腳踏車摔進水溝之類的瑣事。「等一下我們的遊行，估計這邊也會報吧？」他說。我說應該是吧。他在床上盤起腿來，左腳摩擦右腳，右腳摩擦左腳。一陣子之後，他頭又靠了過來，突然跟我說，其實要來的也不是前女友的父母，而是——

「你們電視幹嘛開這麼大聲？」

明亨打開廁所的門。

老皮的頭轉了回來。明亨自顧自地拿起遙控器，按了幾下，音量降了下來。

「關掉吧。」我說。明亨關了電視。我們頓時無事可做。廁所抽風扇運轉的聲音呼呼呼地響著。明亨搖了一下玻璃壺，現在水面呈現一種混濁的綠色，細碎的氣泡一群群堆疊在壺壁，隨著水波晃來晃去。

明亨掏了掏背包，說他今天帶的份已經全部燒完了。

我見氣氛有點乾，就開始講起早上我和明亨在公司搶洗衣機的事：我們今早特地挑了一棟位置邊陲的辦公室，原以為洗衣間較少人用，沒想到還是客滿。但每一臺裝的量都不多，地毯、絲襪、氈毛踏腳墊、防風夾克、小孩鞋子、絨毛布偶等等，看得出來是同一個家庭用的。「那些美國人真的是很賤。」我說。整間只剩角落一臺貼著故障便利貼的機器是空的。明亨竟然毫不猶豫地走過去，撕了故障貼條，把衣服都倒進去，還叫我一起。我想說他是不是瘋了。結果他說，那張故障貼條是他昨晚貼的，為的就是防範今天這種狀況。我們就這樣喜孜孜地按開了洗衣機，一路上都得意得要命，只不過為了洗一個衣服，你不覺得很好笑嗎哈哈哈哈哈。

老皮沒有笑。

他說你們公司福利真好。

「等你畢業找我內推，推薦獎金我們五五分。」明亨說。

老皮說他現在沒在想那麼遠的事情。他現在掛念的只有遊行。

這次遊行是先在杭亨頓公園集合，經過炮臺街、黏土街後，沿著遮打大道往西到市政府前廣場。結果我們仍是坐明亨開的車，老皮也沒有抱怨。在車上老皮反覆播著這次的主題曲，他用的是MV完整版。

全面占領主席臺！

全面占領主席臺！

開頭大概有三十秒的喊聲。接下來都是臺語了，我聽不懂，只聽出副歌第一句是「天色漸漸光」。老皮隨著音樂哼了一陣，說他差點刷卡買機票，去立法院。

明亨說別了吧，你老闆不是都要沒 funding 了。老皮頓了一下，說你們這些既得利益者，噢不，是我們這些既得利益者，難道都不該做點什麼嗎。

明亨說我們現在就正要去遊行了啊！

因為事先申請了路權，遊行沿線都有警察開道，所有路面都是淨空的。老皮披著一面等身大的國旗，非常顯眼。前導車帶大家呼口號。「Taiwan Democracy。」「Protect Democracy。」或許是考慮到大家英文程度參差不齊，口號非常地短，也沒有講到這次遊行真正的關鍵字。我猜路過的人大概都不知道我們在抗議什麼。

老皮說，這樣是不是沒什麼意義。

「不會啊。」明亨說。「主要是要走給國內看的啊。今天先全球大串聯，幾個小時後，凱達格蘭大道上還有一發大的。」

「那我們這邊豈不是跟扮家家酒一樣？」

排熱白煙從地孔逆風升起。路障另一端，兩個白人警察正隔著煙霧瞪著我們。

「……你吸太多了。」明亨說。「第一次不該吸那麼多的。」

老皮出了很多汗，國旗沿著他的領口濕了一圈。他的臉頰很紅，好像我們剛剛爭辯得很激烈似的。靜脈末梢的血絲像細小的孢子一樣在他皮膚底下綻開。不知道是不是過敏，他的脖子也出了疹子。我們默默地順著人潮往前走，沒有再說過話。一個講廣東話的大媽逆著隊伍發送傳單。那是一份印製粗糙，十分簡略的傳單。唔該，唔該。老皮沒有理她，從旁邊繞過去。走到遊行的終點，人群圍著幾臺宣傳車，音響開始播起了這次遊行的主題曲。主辦單位發送了標有拼音的歌詞。明亨和我共看一張。前奏結束，人聲響起。我們轉頭找老皮，想問他要不要一起看。

老皮不見了。

老皮正在爬宣傳車。

他不知何時擠到那麼前面去。他右腳踩上後照鏡的坎，左腳懸在空中亂踢，兩手攀著宣傳車車頂的圍欄鐵條。他兩腳都是光著，不知為何脫了鞋襪。他身上披著的國旗也歪了，繫帶從右肩脫落，一路滑到腰部。車頂的人蹲下來對他喊了一些話，我們在後面隔太遠，聽不到。人群合唱的聲音太大了，又有音響伴奏。車頂的人開始試圖掰開老皮的手指，另一個人用旗幟的底座推他的頭，老皮力氣大，竟絲毫不受影響。

天色漸漸光……。
天色漸漸光……。

「難道是藥效發作了。糟糕。」明亨對我說。我們死命往前擠。明亨說，之所以用 bong 來吸，就是要透過水氣稀釋，讓藥效來得緩，才不會造成太激烈的反應，沒想到老皮竟然會變成這個樣子。這不合理啊。這不合理啊。明亨反覆一直說。我們撞開一個又一個擋路的人，朝宣傳車鑽去。老皮已經爬上車頂了，他從背包裡面拿出一樣東西。那是一個金屬瓶，大概有一隻手臂那麼長，瓶身是亮面的，在太陽下非常刺眼。金屬瓶上端有一個噴嘴和氣閥。車頂的人看到，都倒抽一口氣。

那是胡椒噴霧器。

在這個國家，持有槍枝是合法的，持有胡椒噴霧器不是。

天色漸漸光……。

天色漸漸光……。

車頂上的人有些急著要逃，摔了下來。胡椒噴霧器是鎮暴警察用來對付社運群眾的常見武器，一般是受到管制的。有一個穿黃背心的糾察隊員從背後抱住老皮，老皮猛烈掙扎，兩人的四肢扭在一起。我看到老皮的嘴巴像金魚一樣一開一闔。主題曲正唱到副歌處，慷慨激昂。我和明亨離宣傳車還有十公尺的距離，現在人潮已經變成是要逃離車子的方向了。我們的前進加倍受阻。一名警察沿著車頭引擎蓋爬上宣傳車，他奪下老皮手上的噴霧器，用嘴扯開安全插銷，金屬環啪地一聲飛到人群裡面。

他按下了噴槍板機。他對著老皮的臉噴。

人群瞬間靜了三秒，才開始發出尖叫。

更多的警察擠了上去，把老皮壓倒在地。老皮叫得很大聲，比剛剛還要大聲。我們終於能聽到他的聲音。現在音響沒有在放了。警察叫我們退後。我和明亨也被攔住，無法再靠近了。旁邊有人叫了救護車。救護車等了很久都沒有來，最後老皮是被警車送去醫院。

我和明亨沿著遊行的原路走回停車場。舞臺鋼架，探照燈，電纜線和擴音器一落落散在地上，工作人員正捲起帆布海報，上面有每個來遊行的人的簽名，說是要用特急件寄回臺北，可以趕上明天總統府前的大集結。灰白色仿大理石地板到處都是交疊的腳印。遠方夕陽正慢慢落下，還剩指印似的一小點餘光。視線所及的地平線一片紅紅黃黃，彷彿正參差不齊地燃燒一樣。

「這不合理啊。」明亨說。「這一點也不合理啊。」

我們開車到醫院，在老皮病房門外遇到警察，正是車頂上噴老皮那個。他近看非常年輕，年紀大概比我們還小吧。他一下說要做完筆錄才能見面，一下又說要請示上級，我覺得他自己也搞不清楚規定。講到一半，他甚至露出一點不好意思的表情。我從沒看過警察露出那種表情。我們在等待時瞄了醫院走廊上的電視，正好是下午在旅館看的那個地方新聞臺。我們的遊行果然有報，夾在生了四胞胎的袋鼠和百貨公司母親節特惠活動之間。老皮在宣傳車上被噴臉的畫面占了整整十秒。後來進去病房後，我們跟老皮說了，他好像很高興的樣子。

我們通知了老皮在臺灣的父母，為了不讓老人家擔心，我們只說他被警察打，沒有提到胡椒噴霧的事。老皮的母親說，嗯，所以人有怎麼樣嗎。我覺得她好像太不擔心了一點。坐在病房躺椅上陪老皮時，明亨突然說不知道被胡椒噴霧噴死保險會不會賠。我們立刻打開筆電，連上公司內部的員工福利網站查詢。查了半天仍無法確定。

明亨說，算了吧。

過了一會，老皮開始咿咿唔唔地叫了起來，先是悶悶的幾聲，後來激烈到門外大概都聽得到。我們圍到床前，等著他告訴我們發生什麼事，但他似乎是沒有講話的餘力了。我按了緊急通知鈴。醫生進來之後，只說是止痛藥退了，得要再打新的。每兩個小時要打一次，叫我們不要緊張。換過新的藥後，老皮很快就睡著了。他頭微微側偏，靠著自己的胳膊，均勻地打起呼來。他睡得很舒服的樣子。

醫生再次和我們強調，不要緊張，沒什麼好擔心的，一切都在掌控之中。

我問明亨說，要不要跟醫生講老皮早上有抽麻的事。明亨說應該不用吧，反正大麻本來就是止痛藥啊。

我們站在病床側面盯著老皮的睡臉一段時間。他沒有要醒來的跡象，睡得十分深沉。隔天我們到的時候，仍是一模一樣的睡姿。明亨說早知道這樣，就不要來了。我們待了二十分鐘，快要走時卻有一對老夫婦進來探視。老夫婦穿著完全不合時宜的羽絨外套，大紅色大橘色，進到室內也沒打算脫掉。他們說自己是阿秀的父母。「阿秀是誰？」明亨說。「應該是老皮前女友吧。」我在他耳邊說。老人家非常沉默，窸窸窣窣地摸來摸去，從床頭到床尾。先是用棉花棒沾水潤了老皮的嘴唇，又用梳子梳他的頭髮，好像老皮是植物人一樣。我跟他們說老皮應該只是睡著而已。他們似乎沒有聽到。老婦人突然轉頭說謝謝你們來，你們一定是很好的朋友。我們連忙說應該的應該的。

我和明亨站在房間一角，根本無事可做。離開醫院時，才想起昨天早上洗的衣服根本忘在那棟辦公樓。到了洗衣間，我們的衣物果然已被人拿出，滿坑滿谷地散落在桌子，椅子，以及地板上。旁邊貼了一張字條，大意是說，洗烘衣機用完了請儘速取出，不要占用一整天，有點公德心好嗎。明亨揉了紙條，扔到旁邊的垃圾桶。「白痴。」他低聲說。我們兩個一週份的衣服到處交纏在一起，襪子和襪子，褲管和褲管，分不清誰的是誰的。黑暗之中，數十臺金屬機殼發出連綿不絕的震動：脫水、烘乾、除臭、去汗；各種大小尺寸，各種長短形狀的衣物在透明玻璃罩子裡隆隆地不停翻滾，連地板牆壁彷彿都要跟著共振起來。明亨一面收衣服一面又多罵了幾句。他到底說了什麼，我已經聽不清了。

渦蟲 五

數年後，我仍會在睡夢中聽到氦氣流入袋子裡的咻咻聲。

讀碩士時，搜尋「無痛」、「自殺」，第一筆內容即是教人製作俗稱 Exit bag 的道具——一個剛好足以套在頭上的塑膠袋，用黏膠將袋口收至吻合脖子的大小，同時留一個氣管通道，接到氦氣鋼瓶。充氣球用的氦氣瓶可以在網路上輕易買到，包裝五顏六色，充滿了派對的歡樂感。或許適合自殺的東西原都屬於製造歡樂的，像烤肉用的木炭，或眺望用的高樓、景觀大橋。

那次的自殺計畫失敗了，原因是室友在前往機場的路上腹痛。他把突如其來的劇烈疼痛視作某種「天啟」，取消了旅行計劃。我猜他在那一瞬間便擬定了將來受到記者採訪，要如何侃侃而談當初是如何在神力的幫助下躲過墜機，並趁機宣揚那個他每個月上貢一半薪水的新興宗教。當然，沒有墜機，沒有記者，只有在家裡頭上套著 Exit bag 的我。

而我現在沒有室友了。

幾天前我申請回臺的長假時，印裔主管十分驚訝，「Jie-Heng，你這是 Career Suicide（職涯自殺）。」

我在會議室裡失笑。不是輕笑，而是捧著肚子爆笑起來。

「你有自殺過嗎？」我說。「沒的話請別再用這個詞了。」

走出會議室之前，他只吶吶地說，若是有別家的 offer，務必再找他聊云云。

他以為我請長假是為了跳槽。這很合理，但就是太合理了。

我常在週末加班，偌大的玻璃帷幕樓層裡，往往只有我和主管兩人。他或許把我當成一個更年輕的自己——一個沉醉於追求美國夢的第一代移民，滿腦子想要的是更高的職位，更優渥的收入，更大的房子，更酷炫的跑車。

我們背對背工作，不說話。只有一次，傍晚時分他全家來到公司餐廳用餐，我們在走廊相遇。「叫 Uncle。」他對兒子說。只見那濃眉大眼的小男孩緊張地抿著嘴唇，任他如何催促都不開口。

男孩細瘦而骨感的肩膀支撐著一顆圓滾滾的大頭，因恐懼而噤聲。我點頭致意，他卻仍害怕我如害怕一頭兇猛野獸，躲到他父親身後。我不禁幻想他長大成少年的模樣。主管的房子買在帕洛圖奧最貴的學區亨利岡高中（Henry M Gunn High），這所全灣區最菁英的公立學校有著傲視全美的升學率與自殺率。因太多學生臥軌，校方只好派駐警衛終日監視通往鐵軌的路。我想像這名長大了的少年細瘦而骨感的身軀有一天也將俯臥在那條知名的鐵軌上。火車駛近時的震動，高溫，巨大聲響，屆時將使他因恐懼而顫抖吧。而他再也無法躲在任何人身後，在極致的孤獨與絕望之中，迎向火車，最終被輾壓，割碎成一團爛肉。

「Uncle。」男孩終於開口。

我對他笑了笑，祝他一路好走。

◇

回臺後，吳以翔要我去探視小花。

吳以翔和我同公司，即將轉調加州。我們很久未見，他卻找我去探視小花。

小花多年前就轉出醫院，入住市郊的療養院所。許多全身癱瘓的人在此照護。中庭有小橋造景的水池，青苔也被修整成合宜的形狀。觸目所及皆好山好水，鳥語花香，好讓出錢的家屬罪惡感減至最低。病人終日在中央空調的屋內，床和床之間以簾幕相隔，像盆栽般井然有序。

來到這裡的人，終其一生都不會再出去。

我看到小花時，想到的是主管的兒子。他未來在臥軌後，若不幸未即刻斷氣，也會成為這種園區裡的一尊人偶，被人灌溉，養殖，直到老死。

小花老了。

看護正在幫她灌食。流質食物以慢動作般的速度滑過鼻胃管，抵達她身體內部。說是身體，不如說是一個囊袋，而如今歲月同樣在這個囊袋留下刻痕。我近身觀察她頸際鬆軟的細紋，眼角的魚尾，和手背參差的汗毛。小花的樣態介於嬰兒和老人，在她的肩胛、臂窩、腋下、股間，白胖飽滿與萎縮鬆弛並蒂而生。

我望著床尾那臺紅外線視點偵測儀。據她身旁的看護所言，小花此時已經很少有溝通能力。她仍然能夠轉動眼球，移動視線，但或許是集中力變弱，句子常顛三倒四，不成意思。但她在灌食途中睜開眼，望著吳以翔和我，突然眼球骨碌碌地打轉。我們趕忙搬來視點偵測儀，卻只得到一堆亂碼，注音符號的聲母互相打架，組不成一個完整的字。一陣子之後，才開始發出有意義的聲音。

「你——來——」

「好久不見。」我說。「等妳吃完飯我們再好好聊。」

「不——我——」

橡膠軟管發出噗嚕噗嚕聲，塑料和食物的氣味混在一起，伴以機械音，讓人想起下水道疏濬工程之類。

「要——見——」

我不知所措地看著她轉溜溜的眼球。

「不——你——」

「妳要不要先吃完飯？」

「不——不——不——不——」

「好好，那妳說。我聽妳說。」

「見——你——」

我無助地看向看護。

「不——要——」

「妳不要見我？妳不想要我來？」

「不——要——見——你——」

她閉上眼，似乎是累了。胸脯穩定地起伏著。一切機械音都不受打擾地繼續運轉。

看護驚訝地對我們說，她已經很久沒這麼有精神了。

「那真是太好了。」我說。

回到家屬休息區，吳以翔對我說，小花以前對我有意思。我聳聳肩。事到如今，就算小花當初是為了我而跳樓，十幾年過去，也沒人會真正掛記了。在她跳下去那刻就應該曉得，今後等在眼前的，只剩漫長而不可逆的遺忘。

就像我一直以來渴求的那樣。

「如果躺在那裡的是我。你跟小花還會來嗎？」我說。

他說，他不想回答假設性的問題。

◇

回臺灣後，我在網路上找到一些主奴社群，畢竟吳以翔說，我不應該每天跟著他，上班下班。公司的臺北辦公室在一棟摩天商辦大樓中的高樓層，本身就是觀光景點。他的位子外十公尺有個沙發區和幾幢書架，對外介紹時通稱圖書館。我整天坐在那，翻看那些舊漫畫，和租書店退役下來秤重賣錢的言情小說。時常有競賽圈我帶過的學弟——如今都是同事——路過，他們像觀賞流浪動物一樣熱切地叫我大神大神。「怎麼會回臺灣？」「怎麼回臺灣沒有約吃飯？」其中一位還遞了喜帖給我，說是辦在旁邊的君悅，要我務必賞光。我趁著去廁所的時候撕碎扔了。

就是在那天下午，我匯款給一個曾經約過的網友。

我們第一次約是在旅館。他坐在床沿，脫下球鞋，隨意地甩到旁邊，要我用嘴叼回來。他詳細地向我解釋了什麼叫「ATM奴」。這種新型態的主奴關係是金錢的單方面輸送，和包養不同，主人對奴無任何義務，術語稱之為「上貢」。

「畢竟你這種年紀，在圈內也只剩當ATM奴的出路了。」大學排球校隊的他虎牙微露，笑容陽光燦爛，開口閉口圈內圈內圈內，一副施恩於我的表情。

他不知道，我得要耗費多大的心神，才能把他的臉代換成吳以翔。

結束後，他還真傳給我一個QR碼，直通他帳戶線上支付。我也查到了他的推特，自介寫著「ATM主、綠帽主」，動態是一排匯款紀錄截圖。有一個影片，地點是飯店房間，一名臉部馬賽克的男子裸體跪在床尾的地板上，雙眼矇住，四肢反綁，嘴裡塞著口球，陰部戴著貞操帶。床上之人並未入鏡，但見床體不斷震動，並隱隱傳來的兩人份的呻吟。影片的最後，自稱ATM主的他取下套在自己陰莖的保險套，將套中的精液倒入馬賽克男子口中。從他們的互動看來，躺在床上被幹的，似乎是馬賽克男子的男友。註解寫說這名馬賽克男子是當月的「業績冠軍」，方能獲得綠帽調教的獎勵，要其他的ATM奴好好向他看齊。

我不知道馬賽克男子當上業績冠軍到底上貢了多少，但我有信心超過他。然而，匯款之後仍沒有收到網友傳來的任何訊息。

我每天跟著吳以翔上班，坐在同樣的位置，下午在同樣的時刻匯款。吳以翔有時沒有要見女友，我們就在信義區的百貨公司地下街吃晚飯。假如他宣稱沒空，我會跟在他身後三公尺處，隨著他搭電梯，進捷運，直到進入家門，我才離去。

他說，這樣不好，「你要多擴展社交圈。」

我笑著說，有哇，我可是每天都在匯款給不同ＡＴＭ主呢。

我沒說的是：你的推特，我也是有找到。

吳以翔收的ＡＴＭ奴有男有女，主要是精神方面的調教為主。這個業界的規則是這樣的，若要ＡＴＭ奴長期穩定地上貢，主人不定時給予一點回應是重要的。可能是視訊網調，也可能是在公廁射一發，或是旅館房間喝個洗腳水。回應的方式、頻率以飄忽不定為佳，不能讓奴有了「付了多少就能得到什麼」的對價期待，務必要保持吃角子老虎機般的隨機，才能讓奴徹底上癮。

他很擅長這些技巧。我國中時就知道了。

我曾經跟蹤過吳以翔到晚上福和橋附近的河堤，躲在樹叢後面看他進行野調。

那些戴著皮革面罩和狗尾巴的人形犬一隻比一隻還要入戲。不，說是入戲恐怕太輕慢了——他們已經去社會化，還原成動物的型態。一隻一隻奮力地搖著尾巴，舔著他的鞋底爭寵，彼此用嘴撕咬，互相攻擊。我認出了其中最投入的那個男的，根據推特上查到的資料，他放棄了身為人類絕大部分的自主權，把銀行帳戶、證件等等都交給吳以翔保管，只為了換得從眾多奴隸中脫穎而出，讓吳以翔多看他一眼的機會。

「我不玩認識的人。」吳以翔對我說。

我不懂他在說什麼。國高中時，那些灑落我臉上的尿，貫入我喉嚨的陰莖難道都不算數嗎。

「你心目中的主人，根本不存在。」他說。

我越來越常跟蹤他去福和橋。幾乎是在他的默許之下，遠遠地看著一切發生。

兩隻人形犬在他的命令下交配——他稱之為獎賞。獲得公狗體位的犬隻流著口水，大聲地吠叫了起來。我猜他大概是上個月拉了最多下線的人吧。然而吳以翔要這些錢幹嘛呢。他根本沒什麼物質欲望，光是公司的薪水和股票就遠遠超過他有辦法花掉的錢。幾個月之內，我看著他的狗狗們聲勢越來越壯大。幾隻最早入會的，在同儕比較的壓力下，紛紛放棄社會人格，成為吳以翔百分之百的奴。或者說，成為他的賺錢機器。不停地追求更深的羞辱，只為榮耀他而活。

某一天晚上，吳以翔在進行調教時，拋出的球（網球外面包裹著他穿過的襪子）飛得太遠，打到樹枝，彈跳幾下後，來到我的腳邊。其中一隻人形犬因而發現了樹叢後面的我。他緩緩地爬行，咬住襪子的邊緣，叼起那顆球。他抬頭時，正好和我對到眼。那是很短的一瞬間，或許只有一秒不到，但我卻覺得很久。人形犬不帶感情地看著我，像是看著一尊靜物。忽然之間，他笑出來。輕笑，恥笑，蔑笑那一類。球從他口中落地，又滾得離我的腳邊更近了些。

他的眼睛黑得發亮，在夜晚的漆黑中反射著路燈的光。

直到吳以翔吹起催促的哨聲，他才叼起球，緩緩地爬了回去。

他的背部都是疤痕，鞭打的疤，燙傷的疤，星星點點。挺立的臀部隨著爬行一左一右搖晃。插在肛門裡的狗尾巴也在晃，那似乎是會隨著肛門收縮放鬆而改變平衡的款式，看起來十分逼真。他的頭上套的不是皮革頭套，而是一件泛黃的內褲。路燈下，他的背影在步道上匍匐，緩緩遠去。

順著燈光的路徑望去，那群燥熱的肉體一具一具地抬起腳，在樹下像狗般排尿。而後，隨著吳以翔的彈指，舔彼此的尿。

我突然明白，吳以翔壓榨這些人，是為了什麼了。

◇

我和主管約好跨洋視訊，當面向他辭職。

那是一次冗長的通話。他宛如將被終止合約的儲蓄險業務員，想不通到底是哪裡出問題。他勸我不要衝動，要更長的假期也好，要更多的RSU（Restricted Stock Unit）也罷，都可以談。又問說還是我想要調回臺灣？國際遠端辦公的職缺雖然需要副總裁同意才能放行，但總之他會盡一切可能嘗試。我笑了笑，說，不用。

途中，主管去上廁所時，他兒子突然跑進鏡頭內。

「Uncle。」他說。

男孩仍和我那天見到的一樣安靜，大大的眼睛盯著螢幕，從鏡頭另一端看來，就像是盯著空中不存在的事物。

「你好。」我說。「你跑進把拔房間啊？」

「嗯。」

「這麼聰明。Uncle跟你講一個祕密好不好。」

「什麼是祕密？」

「祕密就是，不可以告訴其他人的事。」我說。「比如說，不可以告訴你把拔喔。」

他眼睛轉了又轉，呆呆地笑了。

「Uncle 很快就要離開這個世界囉。」我說。「未來你也會一樣。所以長大之後你要記得，不要對你的人生抱有任何期待喔。不要以為自己有什麼特別的。因為每個人來到這世上，都跟一團爛肉一樣沒有分別喔。你知道什麼是一團爛肉嗎？」

男孩縮了下肩膀。

「就算贏得了所有人，也沒有意義。就算滿足得了所有人，也沒有意義。你知道嗎？Uncle 很後悔出生在這個世界上喔。Uncle 有一個以前的朋友小花，她從樓上跳下來，摔成一團爛肉。她原本想要殺死自己，但是失敗了。Uncle 好羨慕小花。因為她不用意識清醒地活過這十幾年喔。如果可以坐時光機，回到過去，遇見以前的自己的話，Uncle 會跟他說，無論你意願如何，你就是會像揉爛一坨廢紙一樣毀掉包括你自己在內的所有人喔。未來一點都不會變好。任何值得期待的事情可以說是一件都沒有。不僅不會變好，度過這一大段時間僅僅只是白白受苦。白白受苦。」

「所以Uncle教你，你要趁現在結束這一切。你家如果是五樓以上，打開窗戶跳下去就可以了喔。你也可以用毛巾或床單綁成一條繩子，趁把拔馬麻不在的時候，套在吊燈上面，把脖子放上去。或者是紅燈的時候，朝馬路中央的大卡車衝去。要趁現在，懂嗎？要趁現在還快樂的時候結束這一切。不要白白受苦。」

這就是我對人世最後的善意了。

那通視訊在主管慌忙安慰大哭的兒子之中結束。我提交了正式的離職通知。無論是對工作或對人生。

◇

據說，小花在我們那次探望之後，像是啟動了什麼按鈕，從十幾年來無一變化的狀況中脫離，迅速地康復。她除了漸漸恢復意識，昏睡的時間也一日比一日短，甚至開始復健。她開始給我們發訊息，說現在已經可以坐起身了。過了一陣子，又說是可以靠拐杖下床了。訊息的語氣透露著狂喜，充滿各種蹦蹦跳跳的表情符號，說她終於等到了這一天。終於等到了這一天。

過沒多久，我們就接到訃聞。她趁看護不注意的時候，反鎖自己於廁所，用牙線纏成一個頸圈，套在門把上吊了。

我和吳以翔都出席了喪禮。告別式上，她的父母一滴眼淚也沒流。兩個白髮蒼蒼的老人臉上只有深深的疲憊，彷彿一口氣活了兩輩子。已回到系上擔任教職的大學同學小郭代表上香。教育部和臺大資工系都致贈了匾額：「痛失英才」、「英年早逝」。怎麼會是早逝呢？她可是比原本想定的死期晚了整整十年啊。

火化之後，吳以翔開車載我，從二殯回到市區。車上我們沉默了許久。

「我跟你說喔，我主管的兒子自殺了，臥軌，才十六歲。說是自殺也不太對，因為他沒有死成，Caltrain 駕駛在最後一刻煞車，沒有碾過，但撞飛出去，變成植物人。」

「主管一夜白髮，請了三個月的假。」

「你會幫他安樂死嗎？或是不安樂的死，怎樣都好，就是結束這個狀態。你會嗎？」我說。

其實我主管的兒子才五歲，幾個月前辭職時才視訊過，但我就是想要問一問他。

「我說過了。我不回答假設性的問題。」他說。

我望著他專注駕駛的側臉，臺北市區暗沉的街道、鐵皮招牌、對向垃圾車播著音樂從窗外迅即逝去。吳以翔也老了。歲月平均地穿過我們每一個人。

他也變成像我主管那樣的人。那樣聽不懂我在說什麼的人。

回到他家裡時已經傍晚了。這次他讓我進了門。在他房間的床上，我把頭靠向他的胯下，臉頰隔著褲子貼著他的陰囊。而他雙手摟著我的頭，像在哺乳。

房間裡十分昏暗，只有薄薄的光線穿透窗簾縫，在幾乎凝固的空間裡暈成黯淡的橙色，削切吳以翔的側臉，汗毛一根根晶瑩透亮。我忽然有一種回到國中的錯覺，仿若隔世。

其實，也真正是隔世。

我說，對我來說他已經死了。

他說，什麼？

我說，我主管的兒子啊，你不覺得他在決定臥軌那刻就已經死了？

他說，你這樣說，世界上不會有活人。

他的腳踏上我的陰莖。輕柔得像是踩踏著公園新綠的草皮。

我說，我現在勃起障礙，精神科藥物的副作用。

——是喔？

他遞給我遊戲機手把。那是一個蒙塵的手把，看得出來很久未使用。就連遊戲機也是早已落伍好幾個世代的機種。他打開電視螢幕，接上轉接頭。

他打開的是一個格鬥遊戲，在我們國中的時候很流行。紙片般的二維人物在橫軸空間中走動，像素顆粒清晰可見。人物的攻擊方式分成拳腳、摔技與返技三大類：拳腳剋摔技，摔技剋返技，返技剋拳腳。防禦可以防拳腳，但防不了摔技，而返技的邏輯（在極短時間內若對方攻擊並判定成立，得以格擋並反擊）則與防禦無涉。以打擊位置來區分的話，站立防禦可以守住上段和中段攻擊；蹲下防禦可以守住下段，閃開上段。遊戲的訣竅是預測對手的行為模式，以精準的招式選擇使對手的第一波攻擊無效化，就可以在他出招後的硬直時間裡為所欲為，連續技一發接一發，直到海枯石爛。

這個遊戲我最享受的部分是，吳以翔總是能猜到我的行動，一次又一次地，將我打得不成人形。

「我不會幫他安樂死。」他說。「如果你真的想知道的話。」

螢幕上我的角色無助地騰空，雙手雙腳如水生生物般揮舞——終結技「末日狂花」會將角色四肢一根一根拔斷，只剩軀幹的人形如蠕蟲般掙扎，在自己的血液裡被煮沸。最後留下來的那顆頭則是被吳以翔的角色夾在兩腿間，隨著他高速交替蹲下和站起的起落一震一震。那是格鬥遊戲有名的茶包動作（Teabagging），代表著將陰囊放入屍體口中磨蹭的羞辱行為。

他說，「我會讓他嚐到永無止盡的痛苦痛苦痛苦痛苦——」

他細長而白皙的拇指上下挑動著遊戲機把手左邊那顆蘑菇頭，靈活得像愛撫。茶包動作維持著不可思議的高速。

他的另外一隻手握住我的陰莖，上下擼動。

「所以不准死。」他說。

他的手勁強大而粗魯，熱燙燙的，簡直像鑽木取火。他全身震動，一邊說一邊咬牙切齒，眼眶有晶瑩的反光。

我仍沒有勃起。

我的陰莖如戰敗士兵般垂頭喪氣，萎縮成不可見人的模樣。頂端分泌出的汁液沾到了他的指節，一滴一滴流入指縫，浸潤了我們皮膚相接處。這是完全違抗吳以翔意志的，百分之百的陽痿。

「對不起。」我說。

吳以翔最終仍親手戳破了我僅存的救贖幻想。這樣也好。這樣是最完美的結局。

他鬆開了手，我陰莖上一層層包皮垮下。房間裡，格鬥遊戲的背景音樂繼續播放，卻躡手躡腳地壓抑在極微小的聲響裡。

「其實你早就知道會這樣了，對吧？」他說。

「對不起。」

「你假裝我當你主人就可以解決一切，可以拯救你的一切。你一直這樣假裝，連我都差點被你騙去。」

「對不起。」

「你要到什麼時候才要活在現實世界？」

他的睫毛顫動，像是蜻蜓。我想和他說，永遠沒有那麼一天了。

拉斯維加斯

「What happens in Vegas stays in Vegas.」

介恆曾煞有其事地說，賭城賺來的錢若不在賭城花完，會帶來衰運，這是運氣守恆理論。我和明亨都完全不信，但還是陪他去了鋼管俱樂部，看他浪擲百元美鈔給那些年輕舞者，讓舞者用掐死人的力道和他纏抱，撞擊，最後以下體隔著內褲摩蹭他的臉。「不好玩。」介恆說。後來他把大部分的剩餘給了路邊的乞丐。但或許捐贈並非符合運氣守恆理論的銷帳管道，回到灣區後他立刻遭遇一連串的鳥事——先是和新老闆不合，接著汽車撞到停車場的欄杆，最後連年末回臺灣的哩程機票都沒搶到。

他死後，我們倒是開始相信這套理論，每一年來祭拜，都會虔敬地把賭金花光。

「好像在燒紙錢。」明亨說。

我們的第一站是 Blackjack 的人工桌檯。這檯是在 The Strip 周邊已經很難找到的，一注五美金的健康休閒桌。Blackjack 是賭場對玩家優勢最不明顯的項目——兩者勝率差距不到百分之一。這也是為何我們總是選擇它當成第一站。燒紙錢，就要一張一張慢慢燒。

我們面前的籌碼堆成一落一落，其中一疊形狀最特別的，是面值五十美分的金幣。這種金幣只有在贏得「Blackjack」（一張A和一張十）時，才會得到。而我們的金幣比在場任何一桌的賭客都高，到了引人側目的地步。

荷官是個年輕男子，他很開心，因為這代表他有很高的機率得到豐厚小費。他不理解我們臉色為何越來越臭——因我們正專心和機率奮戰，盡可能地採取勝率最低、最荒誕、最違背牌理的下注方式，然而事情完全朝相反的方向發展，運氣不吝於用鈔票打我們的臉。

紙錢沒燒到，反而越積越多。

終於，明亨又一次加注到賭桌規定的上限而贏得加倍的籌碼後，瞪著眼前的金幣堆說，我們逃吧。

明亨走到旁邊 Fortune Wheel 機臺坐下，投了幾枚籌碼。

這種機臺純粹憑運氣。中間的螢幕顯示了三個垂直轉盤，按下按鈕就停止，每次二十五美分。我們搞不懂這機臺的規則，有時候三個圖案並不相同，仍然有獎。明亨按了幾次後，突然催動了主螢幕上方，比人還高的圓形輪盤，它先是一閃一閃發光，播一段長長的音樂，伴隨噹噹叮叮的聲響，才開始轉動。

我們不理解的是，它何時才會停。

上方輪盤每轉到一個數字，機臺下方的出口便嘩啦嘩啦地吐出一堆紙條。音樂繼續播放，伴隨鼓點的電子音一次次重擊，那樣嘉年華的氣氛，吸引了其他人圍過來看。他們以為我們中了什麼大獎，但其實，我們也搞不懂發生了什麼事。

輪盤繼續轉。噹噹噹。叮叮叮。圍觀的人越來越多，他們問我，到底中了什麼？我無法回答，只能聳肩。他們卻以為我是因為金額太大，才不願意說，眼神越加狂熱起來。一個年輕女人隨著輪盤噹噹噹的節奏踩踏地板，感染了所有人。另一個棕髮男子說，欸，至少請我們喝杯啤酒吧，見者有份啊。大家都笑了。

明亨忙著撿拾掉落地上的紙條。那些感熱紙條每張上面都寫了一個數字，到時候要拿去櫃檯兌換。而那些藕斷絲連的紙條，已經要超出他兩手環抱的範圍。

「幹，到底怎樣才會停？」他說。

後來，店員也過來了。他用鑰匙打開機臺側面的控制板，按了一個鈕。機臺總算不再吐出紙條。他說，故障了。我天真地以為，他會說，我們中的這些都不算。但他只是揮了揮手，叫我們去櫃檯把那堆紙條兌換成真鈔。

我說，怎麼辦？

明亨說，幹，介恆就是要我們去看鋼管啦。

對我們來說，要在賭城找到可以花錢的地方，並不是容易的事情。

穿過賭場大廳，威尼斯主題的背景音樂迎面而來。這間飯店在室內挖了運河，還有沿著軌道自動航行的小船不斷巡迴，沒客人，只有各色霓虹光閃耀其上。「燒王船喔。」明亨說。他指著牆壁延伸出來的假屋簷、假招牌、假義大利北部風格攤販說，這些都是紙紮，應該放一把火燒掉。他的手指一路滑過飯店櫃檯、大廳的琉璃雕像、挑高天井中央百花齊放的塑膠植物。

「紙紮，紙紮，都是紙紮。」他說。

我們毫無目的地在各種精品櫥窗之間行走，到了後來，看著地板的時間比看著櫥窗的時間還多。「不然把這些全都丟進去？」我指著運河末段延伸出一個圓形的許願池。

他沒有笑，只說，走吧，不要辜負介恆的好意了。

◇

在鋼管俱樂部門口排隊的時候，明亨說，掛戶籍的事，剛剛介恆他媽已經答應了。

我說，唉。

他說，現在很競爭的，你不知道，房子不是自己名下，剛出生就要弄。

我說，我指的不是這個。

入場後，我們被帶到環繞著舞臺設置的座位。舞臺上的聚光燈閃了又閃，舞者們爬上各自的管柱，以大腿外側、膝蓋和小腿間的三點夾住鋼管，下腰，成束的髮垂了下來。如果對哪一位有興趣，趁對到眼的時候，舉起一張二十元鈔票揮一揮，舞者就會過來，輕巧地把鈔票夾走，和你共舞。說是共舞，也只是客人被單方面撫摸、撞擊。

明亨說，這肯定就是出殯的電子花車了。

我說，介恆不會喜歡這種的。

他說，儀式都是為了安慰活著的人嘛。

他舉起鈔票，點了一位乳房最大的舞者。她走過來後，直接用那對驚人的水球往明亨臉上擠，隨著音樂磨蹭起來。這個動作術語稱為洗臉。我一直以來都覺得，那只是把一位客人臉上的油抹到另一位臉上。

「我知道……你……的意思。」他的聲音隔著胸罩和人類脂肪，幾乎要淹沒在音樂之中。「這樣說好了……我現在已經沒有什麼想要……而得不到的東西了……」

音樂的重低音像一根根木樁重擊我們的胸口。

「我們能……走到這一步……還不是因為……」

副歌結束，舞者鬆開了明亨的身體。

「對，有人死了，可是，並不是所有人都像介恆一樣啊。」他終於說完這句話，開始喘氣。

室內非常暗，所有的照明都來自舞臺上方深藍色的，隨音樂起伏波動的螢光。那些水般的光流過他臉上，照亮了那層油，來自胸罩和其他客人的臉油。他抹了抹臉頰，不再看向我這邊。

「你的意思是，如果重來一次，你還是會選擇一模一樣的人生？」

「對。」

「而且，你還會希望你兒子走上一樣的路，因為你相信你兒子不會是死的那個？」

「對。」他說。「對，你可以這樣說。」

我們離開鋼管俱樂部後，又再去附近的賭場試了一下。一切仍沒有改變——每一注都荒誕地大贏特贏。不出多久，剛剛在鋼管俱樂部好不容易燒掉的紙錢就又重新回到手上。

「搞屁啊。他是不想要我們的紙錢喔？」明亨說。

我聳聳肩，時間已近傍晚，該是回寇斯莫帕勒坦飯店房間收拾供品的時候了。

介恆想必已經飽食了那些公司飲料、公司零食、公司加鹽無糖優格了。

走回飯店的路上，要經過一座跨越拉斯維加斯最繁華路口的空橋。這個路口四面都是巨型渡假中心，每座都相當於一個小型城市。旅客可以在不見天日的，恆溫恆濕的室內環境中無止境地消費、娛樂、吃食、排泄，永遠不用出來。我們走到空橋的三分之一處時，人潮已經擠到完全動不了的程度。突然之間，提琴聲響起，往飯店的方向看去，才發現水舞表演要開始了。各色燈光皆暗，像舞臺布幕將要揭開之前，引領觀眾期待的寧靜。

身邊的人紛紛拿起手機拍攝。明亨抓著我的肩膀，避免走散。

「我到現在還是害怕水舞表演。」我說。

他說，嗯。

「怎麼有辦法確定已經清乾淨了呢。那些血，腦漿，內臟碎片，說不定還卡在哪個高壓噴嘴或是進水口的孔洞裡。」我說。「然後那些圍觀的人好像沒事一樣。」

他沒有說話。旁邊的人牆越來越密實，擠得我難以呼吸。

「這到底有什麼好看的。」我說。

他嘆了一口氣，說，「那你先閉上眼吧，結束的時候我叫你。」

音樂繼續播放。我閉起眼，身旁的人仍不停推擠著我。明亨把我肩膀抓得更緊了。他說，沒關係的。

「沒關係的。」他又說了一次。

在閉眼的黑暗之中，我彷彿仍能見到眼前的光景。在這座沙漠中央的城市，各種浮誇人造物所構築的繁華夢境正中心，無數色彩的聚光燈將為這些轉瞬即逝的，根本不該出現在此的液體賦予數秒的形體。

再也沒有比這更虛幻的東西了。

或許是水舞潮溼噴射的意象太具體，一陣陣的尿意突然向我襲來。一整天的賭博，逛街，看秀，我連上廁所的時間都沒。隨著曲目一首一首過去，膀胱的飽脹感更加明顯。攝護腺、陰莖底部傳來一陣一陣的痛，先是麻，接著是刺，最後是滾水燒乾後的灼燙。黑暗之中，我感覺到身旁的人牆擠得更加地密實。人類，人類以及人類，太多的肉體，太多的熱源輻射過來，包覆著我的胯下，我一不小心就尿了出來。

就像是吹爆一顆氣球般，我甚至可以感覺到尿水射在內褲裡的觸感。

我放棄阻止自己的失禁，任憑尿水浸溼內褲，股溝，陰囊，然後沿著大腿而下，直至他人的褲管，鞋襪。更多的腳踝、大腿、毛髮，更多的人類肢體、熱氣以及氣味，伴隨著尿液向外蔓延而去。在這座沙漠城市的正中心，在我的胯下，發生了另一場無人知曉、無人關注的小型水舞。默默地噴發，劃過內褲裡的空氣，迅即死在布料上。

我忽然知道為什麼我們一張紙錢都燒不掉了，也知道了為什麼介恆想要我們去鋼管俱樂部——一切的一切，都是為了讓我剛好在這個時間點，剛好來到這座超近距離水舞觀賞特等席的空橋上，剛好被人群給困住。

溫熱的尿液持續排出，彷彿沒有盡頭一般。

What happens in Vegas stays in Vegas.

我在心中默念介恆的名字，他想必已經得到他想要的了。

後記

剩下來的，只是餘生罷了

開始寫東西以後，有個競賽圈出身的學弟E和我聊過一些職涯發展的事。我從他的社群貼文之中讀到了他的憂鬱症進程，吃了哪些藥，看了哪些門診。偶爾，他也有自暴自棄的發文。E有很多旁人眼中閃閃發亮的功績，令人稱羨的工作。然而，他完全無法肯定自己努力的成果。他持之以恆地，以一種旁人無法理解的方式，日日對自己發表攻擊貶低的言語，進行精神上的自殘。

而E自殘的身姿，我是如此地熟悉。

這些競賽選手，追求所謂才華的拔尖之時的過程，是有許多變態的副產物的。

無關乎他們最終達成的成就高低，也無關乎追求的身影本身那神聖的、晶瑩剔透的美麗。

這些傷口是真實存在的，就如同這些美麗是真實存在的那般。

■

明亨深深著迷於他之前的家教學生H。H高中也比過競賽，後來志趣轉向研究。因著H的緣故，明亨甚至對H畢業的學校產生了不成比例的好感。我好幾次都想要搖著他的肩膀，對著他的耳朵大吼：「我們明明就是過來人啊！你明明知道這之中發生了什麼事啊！」

但是看著H的時候，就會理解到：算了吧。

——H的存在所揭示的，因著尚未發生的一切未知而潛藏的美麗幻境，確確實實，是比任何清醒的現實都還要令人舒服的。

但或許「清醒」的步驟就是這樣：先是對於一切發生的徹底否定，接著因蒙受了現實的利益而軟化，最後等到一切都忘得差不多後，又開始迷茫起來。因抱持的情感太互相違背，以至於不管發生了什麼，都會同時引發痛感和喜悅。

此世
如行在地獄之上
凝視繁花

——小林一茶

寫下這些小說，並無法超渡什麼。我試圖編排情節，把我所見識到的一些心理轉折、無可訴說的荒謬時刻，透過文字映射到讀者心中。但這些體驗，仍然是美感取向大於一切的。若要在這之中尋找什麼社會議題的觀點、控訴，恐怕是要失望的。

對讀者而言，我希望這趟閱讀旅程，是一場休閒娛樂。

如果你喜歡，請告訴你身邊的人。如果你不喜歡，請告訴我。

誠摯感謝。讓我們在未來的作品再相見。

成為絞肉機是種美德
——評寺尾哲也《子彈是餘生》

李奕樵（作家）

〈渦蟲∀〉結尾，暴君吳以翔在他家用格鬥遊戲把小說主角釘在空中狂虐許久，突然終止，對主角說：「——你這樣很爽對吧？」；又說「——像你這種人，是沒有辦法在這個世界上生存下去的。」

這真是一種少年啟蒙，我們在電視機前觀賞運動選手競技、聽樂手在舞臺上演奏時，安靜地崇拜那個正在表演的人，是一件理所當然的事。但當我們在生命其他場合也都這麼做時，總會有恨鐵不成鋼的前輩，貌似嚴酷地提點我們，說，要成材，要成器，要成為一個男人。

像我這種更加魯鈍的少年，會獲得更多帶有細節的提示，諸如：「不要對店員太禮貌，他們是來賺錢的，你這樣會被瞧不起」、「溝通時不要迂迴，對方有錯就直接講」、「當醫生，而且最好是心臟科的」。雖然有時候那些具體的細節反而會讓我搞不懂他們是不是真的知道自己在說啥，但，總結起來這些可敬男人對我的訴求就是，不要溫柔有禮地當個旁觀者，要跳進去當個以命相博的利害關係人。如果有一塊柔軟的肉擋在你的面前，為了世界能順利運行，請把它碾過去。

時至今日，我也常常覺得他們是對的。

我們就這樣被溫柔的前行者們捏成一座絞肉機。或者說，一顆子彈。即便變成子彈之後的我們，依然無比清楚地知道自己就是喜歡作為一個旁觀者，待在臺下欣賞那些壯美的角鬥士與野獸拚搏。

小說藝術有趣之處在於，雖然它大可以承載各種直白的論述，如米蘭．昆德拉的敘事者議論那樣，但透過情節與血肉附著其上，就會變成某種超越那些直白論述的存在。相比之下，我們可能還可以反過來質疑為什麼我們的語言傳遞訊息語感受的效率如此低落。

〈渦蟲∀〉的吳以翔示範了子彈鍛造的起頭，而在〈州際公路〉中，子彈已然落下。兩個矽谷人在緬懷一個他們一輩子沒能贏過的自戕天才介恆，他們都是閃耀的星星，但在夜間州際公路的路邊，「星星多得跟垃圾一樣」。對照那位記性卓絕的天才介恆，自殺前在飯店便條紙上列出的，從父母朋友教授甚至國小班導長長一串感謝名單。好像從介恆眼中的他人才是星星。這種耀眼星星於黑夜中茫然無助的印象，在〈州際公路〉結尾，兩人在寒風中吃著加鹽優格等待信用卡白金會員的道路救援到來，又再度被強化。

在首二篇勾勒小說世界觀的時空跨度之後，剩下的小說開始對其中的事件進行更細粒度的描述。〈健康病〉時空較接近〈渦蟲∀〉，介恆對於自己的天才有些木訥無助——圍繞在自己身邊的同儕寧願吃利他能也無法與他匹敵。而天才之間為了愛戀而起的衝突與自我傷害，也是一組強烈對照，他們擁有全國最頂尖的程式競賽能力，在情感方面的應對能力卻與一般學生無異，甚至笨拙到有些滑稽，又滑稽到有些怪異恐怖，就像是小花在藏有愛意的競賽練習題與學生舞團中的表現那樣，也像是介恆與「我」的愛欲儀式。有人犧牲了，但是那是為什麼而犧牲呢？這些犧牲總該帶來一些什麼，也總該有人負責吧？對這些清教徒般嚴格要求自我的天才來說，只有更好地回應這個世界對他們的要求，才是榮耀犧牲者的方式，而他們報復世界的方式，就是賺很多錢。

〈雪崩之時〉稍微岔出去，寫〈州際公路〉與〈健康病〉都常伴隨在敘事者「我」身旁的明亨在圍棋棋院的成長經驗。這一篇的存在確定寺尾哲也並不是針對程式競賽或者矽谷論述，而是更一般化的，一種人類族群逼迫自己不斷卓越的過程中，一種畸形的處境。就像臺大資工的程式競賽選手們會在心裡評比誰是唯一真正的天才一樣，明亨也會對著父親問「所以，我是真貨嗎？」幸也不幸，天才棋士的父親真的有了一個更加天才的兒子，也都因此拜了同一位愛好圍棋而「試圖在泥沙中淘金」的金主為義父，但義兄弟的名分反而讓明亨父子關係變得尷尬起來。有趣的是，明亨與其父在這個過程中也是積極的參與者，他們的目的都只有一個，讓明亨成為優秀的棋士。只是在明亨棋力成長的過程中，彷彿也在失去一個父親，就像是曹薰鉉在其徒「石佛」李昌鎬成長的過程中逐漸暴躁一般。這種畸形的狀態用來映射到資本主義世界各種威逼利誘個體成為頂尖人才的風景，也是有趣的，也許我們不會直接找到一個失敗父親的身影，但明亨就跟未來的介恆一樣，當他們發現其實那一切其實都並不值得的時候，便寧願成為與世界無關之人。

〈渦蟲Ø〉延續〈渦蟲∀〉的「我」，只是身處在美國就學，而且正在參加一個試圖戒斷同性性欲的互助會。這篇在同性互動的描寫上有許多有趣的細節，但對我來說最重要的兩個訊息是「我」的死意與對暴君吳以翔的懷念。

〈沉浸式什麼什麼成長體驗營〉中，槍械作為一種小說場景中的實體在美國非常合理地出現了，連同〈健康病〉一起強化了越過重重競爭前往矽谷生活的菁英彷彿是一種「火藥加速的一次性消耗品」的意象。這篇小說的視野進一步強調，現實世界的人生勝利組反而自覺與現實世界格格不入，並不是一種學生時代的錯覺，出了社會並沒有見證現實，反而更加地荒謬。所謂現實世界帶來的「成長啟蒙」不僅沒隨著青春期結束，反而還一直冒出來，甚至離開了島國來到世界最強大經濟體的大陸國家最具理性色彩的矽谷，荒謬素材依然多到足以撐起一整篇小說。這一篇小說的人名與其他作品沒有直接重複，但敘事者「我」的名字也並未揭露，所以也保有世界觀連結的可能性。

〈現在是彼一工〉應在〈州際公路〉的時間點之前，是能對應到非常具體的現實世界時間軸的作品，明亨與「我」在參與美國串連臺灣的太陽花學運遊行。老皮作為小說中的邊角引發的尷尬場面很有魅力。整篇小說中的核心隱喻，大概就是明亨在烘衣房巧妙地應對沒有公德心的美國同事，最後反而收到一張紙條指責缺乏公德心，隱喻的第二變化是「老皮登上車頂高舉胡椒噴霧器時反而比槍械更加引發恐慌」。這兩者呼應著學運學生占領立法院卻被指責犯法這類荒謬情境。

〈渦蟲丑〉作為渦蟲系列的最後一篇，揭露了渦蟲敘事者「我」的身分。

這篇小說中，已經沒有所謂的天才。雖然透過他的雙眼，也已經能預示印裔主管兒子未來將面對的升學主義悲劇。而對「我」來說最具意義的，可能是作為一名「ATM奴」將自己的金錢源源不絕地匯給他喜愛的「ATM主」，而這甚至就是他的社交圈。整部小說集的兩個主要敘事線在這篇小說交會，有趣的是，對小說眾人來說這麼沉重漫長的旅程始末，居然在小說時空中僅僅過了十年。可以說，即便過了十年，人都未必能從青春中倖存下來。他們的時光像是封裝在膠囊中凝結了，被社會的期待火藥般的加速，然後也被放任著自由落下。這種為了回應他人期待而扭曲自己的公式，也可以套用在吳以翔身上，那一些暴虐，可能也僅僅只是為了回應「我」需求的一種表演而已。

因為人物情節最重要的謎底都已在〈渦蟲Ａ〉揭露，末篇〈拉斯維加斯〉更像是一種對角色的緬懷與回放，〈渦蟲Ａ〉如果說將因果鍊繫在人物與事件上多一些，〈拉斯維加斯〉則像是把整個視野重新用賭城場景作為隱喻濾鏡把小說重述一遍。「我」與明亨回到賭城祭祀介愐，但像是有什麼超能力作祟一樣，他們總是無法在賭桌上把錢花完。對現在的他們來說，錢已經是多到失去意義的東西了，但這也是他們能想到對舊友表示敬意的唯一手段。而在介恆眼中，這一切如賭城噴泉水舞一般虛幻的繁華閃耀，都還不如他在學校天臺與景仰同儕的情欲互動。小說結尾的失禁就是「我」對於介恆最後一次的溫柔迎合吧。而回到菁英主義悲劇的討論上，則是交由明亨給出作為倖存者的回應，他的孩子依然會被丟進這樣的殘酷輪迴之中，一切命運都不會改變。

《子彈是餘生》作為一本十分有意識以書為單位設計的短篇小說集，跟同輩小說家的作品相比，乾淨到有些不可思議，甚至連謎題的數量與難度都安排得恰到好處。不僅僅是語言層級或小說情節的安排乾淨而已，甚至連論述的範圍都是更加精鍊的，限縮到彷彿他只願意透過小說陳述他真的看過的、體驗過的、想清楚的事理。這樣的閱讀體驗，讓我想起在微光咖啡跟寺尾下圍棋的那個下午，寺尾讓了我六顆子，我棋力明明奇爛無比，但還是可以跟寺尾下出一盤尚稱勢力均衡的局面。在整個過程中，我可以感覺到心智被自己的思緒充滿，而不是完全地被寺尾哲也的落子或是文字引導。可以說，這一種自帶真空狀態的文風，恰恰就是非小說形式的直白論述不能承載的。

在注意力稀缺的時代，願意且有對應實力以這種紳士地姿態與其他知識分子互動，而不是如一臺絞肉機般把讀者碾壓過去，《子彈是餘生》博得我全心的敬重。

星叢
子彈是餘生

2022年10月初版
2023年6月初版第四刷
定價：新臺幣330元

著者	寺尾哲也
叢書編輯	黃榮慶
校對	楊修
內文排版	李偉涵
封面設計	木木Lin

出版者	聯經出版事業股份有限公司
地址	新北市汐止區大同路一段369號1樓
叢書編輯電話	(02)86925588轉5307
台北聯經書房	台北市新生南路三段94號
電話	(02)23620308
郵政劃撥帳戶第	0100559-3號
郵撥電話	(02)23620308
印刷者	文聯彩色製版印刷有限公司
總經銷	聯合發行股份有限公司
發行所	新北市新店區寶橋路235巷6弄6號2樓
電話	(02)29178022

副總編輯	陳逸華
總編輯	涂豐恩
總經理	陳芝宇
社長	羅國俊
發行人	林載爵

行政院新聞局出版事業登記證局版臺業字第0130號

本書如有缺頁，破損，倒裝請寄回台北聯經書房更換。
ISBN 978-957-08-6535-6 (平裝)
聯經網址：www.linkingbooks.com.tw
電子信箱：linking@udngroup.com

國家圖書館出版品預行編目資料

子彈是餘生/寺尾哲也著．初版．新北市．聯經．
2022年10月．264面．14.8×21公分（星叢）
ISBN 978-957-08-6535-6（平裝）
[2023年6月初版第四刷]

863.57　　111014741